電車のおじさん

写真　宇佐美亮
装画　辛酸なめ子
装丁　小川恵子（瀬戸内デザイン）

1

世の中にはいいおじさんと悪いおじさんがいる。OLの玉恵《たまえ》は、このところそんな思いにとらわれています。

毎朝、ラッシュの通勤電車に乗っていると、おじさんたちに囲まれ、体の一部を密着させることになります。殺伐とした車内では、ときに人のエゴがむき出しになります。電車の入口横で岩のように固まって降りようとしないおじさんとか、降りるとき押してくるおじさんとか、咳《せき》をしたらにらんでくる心の狭いおじさんとか。朝からドッと疲れます。玉恵は毎日総武線で、御茶《おちゃ》ノ水《みず》の文具メーカーに通っていました。朝の総武線のラッシュは凄《すさ》まじくて乗車率200％近い、とどこかで読んだことがあります。亀戸《かめいど》からの11分間は短くても地獄のようでした。スマホも出せないし、つぶされそうになりながらただ立っているしかありませんが、もし貧血を起こしても倒れなくてすむ、というのが唯一の利点でした。もし具合が悪くなって遅刻でもしたら、今度は会社のおじさんたちに小言を言われてしまいます。玉恵は、職場でもおじさんたちに囲まれていました。

とりあえず、今は通勤電車をなんとかやり過ごさなければ。高校時代、住んでいた赤《あか》羽《ば》から通学で使っていた埼京線《さいきょう》に比べれば、総武線はまだましです。とにかく痴漢だらけの路線でした。女子高生じゃなくなったせいか、それとも痴漢撲滅キャンペーンの効果か、このところ痴漢に遭わなくなったのはよかったです。むしろ痴漢に間違えられることを恐れる男性たちが増えたようです。玉恵の両側の男性は、両手を上げてポールやつり革につかまっていました。「痴漢冤罪《えんざい》保険」という痴漢に間違えられたときのために入る保険のポスターがドアの上に貼られています。すぐに弁護士にヘルプコールできるそうです。男性って大変、と玉恵は思いました。といっても最近は鞄《かばん》の角で女性の体をなぞってくる痴漢もいるらしいのでまだ油断できません。

何もできない車内で、大人しくしている男性たちを眺めていたら、それぞれの白シャツの素材の違いが際立って見えてきました。白いシャツにはその人の経済力とか家庭の事情が透けて見えます。

(この人のシャツはスケ感からしてポリエステルでしょうね。ちょっと安っぽいけど)(このおじさんのシャツは綿だけどクタッとしている。3年は着てそう)(この若い男性のシャツは綿とポリエステルがほどよく混合してる感じ。ポリ65%ってとこかな)(あのメガネの男性のシャツ、綿っぽいし、ちゃんとアイロンがけされてる、奥さんがかけているのかな。ちゃんとした家庭なんでしょうね)……暇つぶしにメンズのシャツをジャッジしていたつもりが、ふと、今のところ幸せな結婚生活とは無縁な我が身に気付いて、朝から切なくなってきました。ちなみに玉恵の着ているトップスは、綿55%、ポリエステル45%でした。中途半端な自分を表しているかのようです。

出社して、新しいノートのデザインを決める企画会議などに出たけれど、玉恵の考えた「ユニコーンキャラのノート」はいまいち受け入れられず、却下されそうな気配です。おじさん社員は、「ゆめかわ」という世界観をわかってくれませんでした。会議で「ユニコーンは処女が好きという伝説があるんです！」と強く主張したのがまずかったのでしょうか。おじさんたちは引き気味のリアクションでした。男性社員の冷笑を浴び、玉恵は軽い苛立《いらだ》ちを感じていました。この会社では二番目に若く、期待されて入ったはずが、意見が採用されることも少なく、会社はおじさん中心に回っています。企画会議では、先輩の男性社員が提案した「川柳ノート」が採用されそうな気配です。何年か前に出した「俳句ノート」だってそんなに売れなかったのに……。先輩は「川柳は季語がないから誰でも始められてハードルが低いので絶対売れる」と主張していましたが、玉恵はいまいち賛成できないでいました。ちなみにその先輩のシャツは形状記憶で、合理的で如才ない感じです。

こんなときに限って、自販機のほうじ茶ラテは売り切れているし、化粧直しにトイレでファンデーションの容器を開けたら割れているし、湿気のせいで髪はぼさぼさだし、ネガティブな思いがちょっとした不幸を引き寄せます。一つ一つは小さくても、積み重なると心身に着実にダメージを与えていきます。

帰りの電車で、また精神的に厳しいできごとがありました。夕方なのでそれなりに混んでいて、座れなかったので疲れが増幅。我先にと人を押しのけて席に座るサラリーマンに軽い怒りを感じていたら、別の怒りの念を引き寄せてしまったようです。降りるとき、やたらグイグイと押してくるおじさんがいたのです。今、おじさんと書きましたが70代前後と思われ、カテゴリー的にはギリギリおじさんです。おじさんの幅は広く、下手すると30代から70代まで入ってきます。とにかく、その、メガネをかけてチェックのシャツを着たおじさんが、降りるときに激しく玉恵の背中を押してきたのでよろけそうになり、危なかったのです。この日、ちょっとイライラしていた玉恵が、思わず後ろを向いて、毅然《きぜん》とした口調で「なんでそんなに押してくるんですか！」と問いつめたら、そのおじさんは目をカッと見開き、「何を言っているんだ、お前は!!」と怒鳴り返してきたのです。（はぁ?）と思って睨《にら》み返すと、しばらくしておじさんはスタスタ歩き去って行きました。怒鳴って勝手にすっきりしたようです。そっちはデトックスできたかもしれないけど、八つ当たり的に負の念をぶつけられたこちらはどうすれば良いのでしょう？　行き場のない怒りがまた肝臓にたまって血行やリンパの流れを滞らせます。玉恵は、怒りという感情が体に悪いことを体感して知っていました。押されて怒鳴られた上、具合まで悪くなったら自分ばかり損している気分です。

今日の電車運ついていない、と思いましたが、そのときふっと、玉恵の心にメッセージが浮かびました。電車の席を奪われたからといって、その相手をずっと恨み続けているのはおかしい。怒りや恨みはすぐに手放したほうがいい。むしろ今日、会議で採用されなかったことも、電車で席を取られたくらいに考えておけばいい、と。玉恵は、ちょっとした気付きに心が軽くなりました。さっき怒鳴ってきたおじさんのことは、しばらく忘れられそうにありませんが、延々と恨んでいたらこっちの時間やエネルギーがもったいないです。

しかし、あれ以来、ふとしたときにおじさんの顔がよぎります。一日数回はショックな場面がフラッシュバックしてしまう。何度も考えるうちに、脳が好意と錯覚してしまったのでしょうか。玉恵の心に、またどこかで遭遇したい、という思いさえ芽生えていました。

その数日後、週末のことでした。代々木公園のイベントに行こうとして、総武線に乗り込んだ玉恵。別に1本逃してもどうということはないけれど、暑い中ホームで待つのがイヤで、電車に走り込みました。駅のホームに、おじさんが倒れているのが目の端に見えました。電車に乗ったものの、そのせいかなかなか発車しません。ドアから顔を出して見ていると、係員と親切な通行人が何人か取り囲んでいました。「心臓かな」「怖いね」「貧血?」「でも顔色そんなに悪くなかったよ」女子高生がひそひそ話しています。

「靴脱いでるの不自然じゃん」「暑いから脱がしたんだよ」「こういうの絶対撮って拡散してる人いるよね」と、女子高生のシリアスな会話を聞いていたらだんだん不安になってきました。あの、ベージュのチェックのシャツはもしかして、怒鳴ってきたおじさん……？　と気になって半身を出して確認。似ている。やっぱりそうかもしれない。気付いたら玉恵は電車を降り、おじさんの近くに付き添っていました。怒鳴ったことを恨んでいた、その念でもしかしたら具合が悪くなってしまったのかもしれない、と思うと自分にも責任があるような気がして、玉恵はおじさんが担架で運ばれるところまで見守ってしまいました。おじさんは目を閉じていてこちらには気付いていなかったけど、縁ができてまた会う予感がしました。

それ以来、同じくらいの年格好のおじさんばかり目に付きます。これはちょっと……と思うキャラの濃いおじさんに何人も遭遇しました。恵比寿の飲食店で帰ろうとしたらなぜか半ギレになり「まだデザートがあるんですけど！」と語気強く言ってきた店員のおじさん。雨の日にわざと足を叩《たた》き付けるようにして歩いて周りの人に水を浴びせていたおじさん。ラーメン屋の2階で、半裸になって見せつけるように白いランニングに着替えていたおじさん。道端でやたら大声で「ほいよ!!」と挨拶するおじさん……など。

おじさんだらけの高齢化社会ですが、玉恵の中で特別な存在は、やはり怒鳴ってきたあのおじさんでした。（親にさえあんなに頭ごなしに怒鳴られることはなかったのに……）と、玉恵の心に刻まれました。そして倒れていたおじさんの姿を見て、そのあともし万一のことがあったら……と心配していました。頭の中の半分以上はあのおじさんで占められていたのです。そんな思いが引き寄せたのか、ある日の会社帰り、とうとう同じ車両であのおじさんに遭遇しました。玉恵は、回復して良かった、とまず安心しました。今日は、薄いブルーのシャツにグレーの九分丈パンツをはいています。痩せて骨張った足が見えて、もしかしたらおじさんではなく、おじいさんかもしれない、と思え、玉恵の心にいたわりの念が生まれました。想像以上に枯れている姿に哀愁を感じます。今回はおじさんは人を押したりもせず、普通に降りていきました。玉恵は、ふと、おじさんを尾行してみたくなりました。怒鳴ってきて嫌いになりかけたおじさんだけど、あとをつけてみたら、実は良い人だったりするかもしれない。ツイッターでも攻撃的なつぶやきをする人がいるけれど、さかのぼれば災害に遭った人を心配したり良い人っぽい発言があったりするので。性善説を追求したいです。

駅の階段を下り、玉恵は2メートルほどの間隔を保ってついていきました。願わくば、猫を撫《な》でているところとか、顔なじみのおじさんに声をかけているところとか、人間らしいシーンを目撃したいものです。自分の内のわだかまりを昇華させるためにも……。おじさんは年齢的に足腰が弱まっているのか歩みがのろいです。間隔をあけて同じ速度で歩いていたら、玉恵は少し優しい気持ちになってきました。足が悪い祖父のことを思い出しました。

玉恵はおじさんがアトレに入るのについていきました。アトレなんておじさんにしてはおしゃれ、と思いながら……。おじさんは5階に上がって、文房具店に入りました。しばらくウロウロしたあと、スケッチブックと水彩の筆を手にしました。

（おじさんは、絵を描くんだ。もしかして、画家？）

何か急に印象が良くなった気がします。ちなみにおじさんが買ったスケッチブックは玉恵の働いているメーカーのものではなく他社のものだったのが引っかかりました。でも、おじさんがどのような文具を欲しがっているか、リサーチするのも仕事に役立てられそうです。調べたら他社のスケッチブックは、玉恵の会社の製品より50円安かったです。枚数は同じで紙質は落ちる感じでした。おじさんは経済的に苦しいのでしょうか。今度、うちのサンプル商品を進呈したい、そんな気持ちになりました。

さらにあとをつけていくと、おじさんは地下1階の食料品フロアに行き、一人前の天丼を買っていました。30%引きのものを選んだおじさん。さびしいひとり暮らし説が浮上。妻とは死別なのか、それとも最初からいないのか……胸の奥がキュッとします。おじさんのよれた着古しのシャツがまたわびしさを増幅させます。

おじさんが家に帰るところまで無事見届けると、想像していた通りのうらぶれたアパートでした。玉恵のマンションだって築20年で外観もパッとしないですが、おじさんのマンションは見たところ家賃7万円前後でしょうか。むき出しの鉄骨の階段がところどころサビています。

データを収集するうちに、玉恵の心の中の、おじさんの実像が明確になってゆきます。妻とは死別。気難しい性格で独立した子どもたちも寄り付かない。2DKのアパートで年金暮らし。細々と植物画を描いてコンクールに出しているけれどパッとしない、etc……。シャツを洗濯してアイロンをかけてくれる人もいないから、自分で洗って寝押ししている。一日誰とも会話しない日もざら。そんな生活だから、あのとき、余裕がなくて怒鳴ったりしたのでしょう。今思えば目の奥に孤独が宿っていたような気がします。かわいそうなおじさん（おじいさん）。私を押して怒鳴ったことも、全然許します。憐《れん》憫《びん》と博愛のカタルシスで玉恵の心は癒されました。おじさんの後ろ姿を見つめながら、これからもおじさんのことを温かい目で見守っていこうと玉恵は心に決めました。

駅の反対側の自宅に戻る途中、あっと思ったのは、似たようなおじさんとまたすれ違ったからです。もう誰が誰だかわからない、もしかしたらさっきあとをつけたのは、違うおじさんだったかもしれない、といまさらですが自信がなくなってきました。でもおじさんたちの集合意識と良い関係を築けたのなら、玉恵の人生も好転しそうです。

おじさんの走馬灯が
流れます・・・・

2

雨の通勤。文具メーカーにつとめるOL、玉恵は、朝から苛立っていました。雨のせいでしょうか、誰かが仕掛けた罠《わな》のように、駅や道路の黒いタイルがよく滑り、何度も足を取られかけました。さらに危ないのが、おじさんたちの傘の持ち方。傘を横にして持って手を振って歩くので、尖《とが》った部分が後ろの人に刺さりそうです。玉恵はたまりかねて、危ない持ち方をしている60がらみのおじさんにすれ違いざまに「傘、危ないですよ」と注意してしまいました。しかし彼はチラッと一瞥《いちべつ》してきただけで、無視してそのまま歩いて行ってしまいました。

先日、総武線で、降りるときにやたら押してきたおじさんについ一言物申したら、そのおじさんに逆ギレされたという一件がありましたが、今となってはリアクションしてくれたおじさんが懐かしいです。あのとき、おじさんに触発され、玉恵の中にたまっていた怒りや戸惑いなどの感情が湧き上がったのですが、今回のように無視されてしまうともやもやした思いを封じ込めることになってしまいます。

世の中の大多数のおじさんはリアクションが薄いです。玉恵はそんなおじさんたちに、もどかしさや物足りなさを感じるようになっていました。会社のおじさんたちも、日頃の鬱屈した思いをためこんでいるようです。会社では納涼会というあまり意味のないイベントを毎年の慣習で行っています。例えば、その納涼会にかける本部長の意気込みがすごすぎて、会社の経費もかなり使ってしまっているというのが問題になっていました。お盆前で忙しいのに、玉恵は課長に呼び出されて、近くの喫茶店で本部長のグチを聞かされる羽目に。納涼会なんかより、今朝ネットのニュースで見た、インドネシアで女性が7メートルの巨大ヘビに丸飲みされたニュースのほうがよっぽど涼しくなりましたが……。

柳田《やなぎだ》課長は、近くに新しくできたカフェでアイスコーヒーを飲みながら、深刻な表情で切り出しました。

「本部長、会社にマジシャン呼んで打ち合わせしてたやろ。また会社のお金使って自己満なんやろうね」

「自己満……ですか」

「去年の芸もひどかったな。最初、お坊さんの格好で登場してお経を読んで、そのあとなんだったっけ、あの、『千の風になって』を歌って。それからT.M.レボリューションの曲。本人はご満悦やったけど……」

「私、途中からしか見てなかったですが、たしかに脈絡ないですね」

「みんな外でタバコ吸ったりほとんど聞いてなかったよな」

「お坊さんの衣装ってシュールですね」

「そういえば山中《やまなか》係長の江頭《えがしら》の物まねは完成度高かったな」

「たしかに、やり切っている感がありましたね。体張ってましたし」

「それにしても納涼会って誰のためにやるんやろ……」

それはこっちこそ聞きたいと玉恵は思いました。どうでも良いという思いでいっぱいですが、社員によっては納涼会の芸が部下の支持率に影響したりするので意外と重要なのかもしれません。

「課長は納涼会ではどんなことをやりたいんですか？」

「縁日やりたいんだよね。綿菓子とかヨーヨーとか、たこ焼きとか」

ありがちの答えが返ってきましたが、彼なりの理由があるようです。

「食事、ビュッフェ形式やろ。食事を取りに行ってものすごい行列になる。もう時間のムダだよね。ひとりひとりお弁当みたいにして渡すほうがいいんじゃないか。取ってきても全部食べるわけでもないし。待ってる間ムダな時間だし。だからそれ以外にも焼きそばとかたこ焼きの屋台を出すのがいいんじゃないか。

不公平感あるよ。男なんて並びに行くの遠慮しちゃうから。でもおばちゃん社員はガーッて山ほど持っていく。料理の追加もないし。不公平だし時間のムダだよ」

結局、たまっていた女性社員のグチも言いたかったようです。課長はしきりに「時間のムダ」と言いますが、納涼会自体が時間のムダなのではないかと思えてきました。もっと言うなら、朝礼とか、だらだら長い会議とか、古いパソコンの速度が遅いとか、小さい会社だからかムダなことがたくさん目に付きます。玉恵の憮然《ぶぜん》とした表情に気付いたのか、課長は、

「若い社員の意見も聞いてみたいけど、納涼会はどうしたら良いと思う？」と尋ねてきました。

「そうですね、今だったら動画配信サービスとかたくさんありますし、本部長の芸とか動画配信にして、社員は家やカフェなど好きな場所で見られるようにしたら良いんじゃないですか。料理を用意する必要もなくなって経費も浮きますし、シュールな芸が世間的に話題になって会社の知名度も上がるかもしれないですよ」

こういうムダな行事に経費を使っているから、それが商品価格に加算されてしまうのです。50円、100円の差だってバカになりません。玉恵は、駅ビルで見かけた、電車のおじさんの姿を思い出しました。熟考して、安い他社のスケッチブックを購入していたおじさんの姿が脳裏に浮かびました。納涼会とか本部長の自己満足の芸とか、取締役が会議のあとゴルフに行く風習をやめれば、あのおじさんは値下がりしたうちの会社のスケッチブックを買ってくれるかもしれません。

課長は、玉恵の勢いにのまれ、軽い動揺を見せながらも「納涼会もネットか。若者は価値観が変わってきてるんやなあ……」と、淋《さび》しげな表情を漂わせました。

むしろ強い口調で「何を言ってるんだ！　これだから今の奴《やつ》らは！」と怒ってもらっても良かったです。しかし上司はコンプライアンスなど厳しくなった風潮の中、強く出られないようでした。それがさらに玉恵の物足りなさをかき立てます。またあの強めのおじさんに会いたい、と心のどこかで望んでいました。

その思いが引き寄せたのか、地元の亀戸駅近くのデニーズで、おじさんの姿をまた目撃してしまいました。前、駅ビルで見かけたときは30％オフになった天丼を買っていましたが、今回は遠目に見るとハンバーグらしきものを食べています。パスタを頼んだ玉恵よりも値段もカロリーも高いメニュー。勝手にお金のない独居老人と決めつけていましたが、もしかしたらそこそこお金持ちなのかもしれない疑惑が。クタッとしたシャツは着古しているのではなく、加工をほどこしたリネン素材だったのかも……。怪死した紀州のドン・ファンが着ていた茶色いシャツも、らくだのシャツ的な肌着だと思ったら、実はエルメスだったという衝撃の事実があったので、素人判断は難しいです。玉恵の中で妄想がふくらんでいきました。

すすけたアパートに住んでいるのは仮の姿。趣味の、絵を描いたりするために借りている部屋で、自宅は別のところ、田園調布あたりにあったりして……。玉恵のお給料では絶対住めない場所です。貧乏暮らしといえば、聞いた話ですが、大富豪なのに趣味でホームレスをやっている人もいるといいます。ニューヨークの大金持ちの高齢の女性が、健康的な趣味として空き缶拾いをしている、という話もネットで見かけました。スノッブなお金持ちこそ、庶民の暮らしを体験したくなるのかもしれません。また、金持ちほどケチらしいので、安い文房具を買ったのもなんとなく納得できます。もしくは、かつて富裕層だったけれど、今は没落して中産階級になったのでしょうか？　友人の保証人になって財産を失ってしまったとか……。おじさんは意外と情に厚そうなので、そういう展開があってもおかしくありません。二つほど離れた席から、玉恵はおじさんの食事姿を見つめつつ、脳内プロファイリング。ナイフとフォークの使い方もこなれていて、下町のファミレス内でひときわ品格を感じさせます。あの、ボクシングの山根《やまね》会長よりも、シャキッとしています。

おじさんが食べ終わったのと、玉恵が食事を終えたタイミングが意図せずして合ってしまい、玉恵は少し時間をずらして、またおじさんのあとをついて行ってみました。もし知っている人に見られたら怪しまれそうな行為です。おじさんがお金持ちだった場合、紀州のドン・ファンの妻のように財産狙いと疑われかねません。玉恵は自分で自分に言い訳していました。これは、高齢化社会を迎える今、必要なリサーチなんです。文具メーカーのOLとして、高齢者のライフスタイルを知ることは重要な課題です。次の企画書に生かすことができれば、と……。

玉恵は3メートルの距離を保ち、100メートルほどおじさんのあとをついていきました。公園の横にさしかかり、おじさんが立ち止まって急に振り返ったので玉恵は息が止まりかけました。あとをつけていたのを気付かれたのでしょうか？　お年寄りをつけねらう遺産狙いの怪しい女だと思われた？　また怒鳴られるかも？　混乱のさなか、様々な思いが交錯し、玉恵は咳《せ》き込みました。喉に何かが引っかかったかのように咳が止まりません。ゲホゲホと連続して咳をする玉恵に対し、おじさんはバッグの中を探ると、何かを取り出して無言で玉恵に手渡しました。見ると、袋に入った飴《あめ》でした。「あ、ありがとうゴホゴホ……ざいます……」と受け取った玉恵。おじさんは何も言わず、そのままくるっときびすを返して立ち去ってゆきました。

飴を手渡してくれたおじさんの姿が、山口県で行方不明の男児を発見し、飴をあげたカリスマボランティア、尾畠《おばた》さんの姿と重なりました。おじさんには人助けのポテンシャルが潜んでいるようです。それとは正反対の山根会長もまた、カンロ飴が好物だった……。おじさん＝飴、そんな方程式がよぎりました。飴のおかげで咳がおさまったので、玉恵はメモ帳にその方程式を書き込みました。仕事に生かせるかどうかはまだわかりません……。

夢が空回りしている若い男性より
夢をあきらめたおじさんの方がいいかも……

3

スーパーボランティア、尾畠さんが行方不明になった2歳児にあげたのは「匠の塩飴」。一袋だいたい200円くらいで、手頃な価格帯です。日本ボクシング連盟の元会長の山根さんの好物は「カンロ飴」、あとは飴じゃないけど「森永ミルクキャラメル」。カンロ飴は一袋180円くらいで、森永ミルクキャラメルは一箱100円くらい。会長のセンス、庶民的です。本当のラグジュアリーを知らなかったのでしょうか。

それと比べると、あのおじさんのくれた飴は高級でした。電車の中で遭遇したおじさんにどなられたことがきっかけで、妙に気になってしまい、後日見かけた時、ついあとをつけてしまった玉恵。急に振り返られて、バレたと焦ってむせていたところ、おじさんは飴を差し出してくれたのです。その上品な甘さの余韻が残り、包み紙の商品名を検索したら一箱400円くらいする榮太樓《えいたろう》の抹茶飴であることが判明しました。

玉恵は、気になるおじさんのプロファイリングをするべく、今までの情報を書き出しました。

・亀戸在住。たぶんひとり暮らし

・せっかち。電車で押してくる
・導火線が短く、怒ると怖い
・でもその反面親切なところもある
・ファミレスで高いメニューを食べる
・高級な飴を常用？
・反面、文房具代などは節約
・シャツの素材は実はリネンで高級かもしれない説
・趣味は絵を描くこと？
これらの条件から、経済レベルを推し量るのはなかなか難易度が高いです。玉恵は、高校の同級生５人くらいのＬＩＮＥのグループで、こんな質問を投げかけてみました。

「突然変なこと聞いてごめん、男性の経済力はどこでチェックすればいいのかな？」

中には女子としての経験値が高い子もいるので、参考になる意見が聞けるかもしれません。

「気になる人でもいるの？」

「そういうわけじゃないけど、後学のために……」

70代のおじさん（おじいさん？）が気になっているなんて、キラキラした女友達の前では言えません。ちょっと前に「枯《か》れ専《せん》」とかいうワードが流行《はや》りましたが、それにしても年齢差がありすぎです。そうはいっても、玉恵は一度もおじさん本人に年齢を確認していないことに気付きました。70代に見えて50代ということもあるし、実はもっと上だったりするかもしれません。おじさんの年齢を見定めるのは難しいです。

ところで女友達による、男性の経済レベルのチェックについてのアドバイスは……

「年会費十数万円のブラックカードを持っているかどうかじゃない？」

「財布がきれいな人。レシートとかポイントカードでパンパンなのはちょっと……」

「やっぱり福耳ってあると思う」

「額が広い、口が大きい、というのも人相的にいいらしいよ」

「口角が下がっている人は運が悪そう」

「時計と靴に経済力は出るらしい。靴が汚れてる人はやめたほうがいいかも」

「好きなブランド聞いてみたら？」

「あとは車の車種だね」

「でも見栄はってボロアパートでも世田谷区で高級外車っていう人いるらしいから……」

「お金持ちでも地主の息子とかダメ男になる率高そう」

「シャツがヨレヨレの人はダメ」

「肘が黒ずんでいる人もNG」

「全身のバランスに表れるんじゃない。叶《かのう》姉妹も男性はデザインが重要って言ってたし」

「男の甲斐性《かいしょう》は肩に表れると思う」

「目が輝いている人がいい。最近の若い男子って目が死んでない？」

と、だんだん男性へのダメ出しみたいになってきました。玉恵は、シャツの素材で男性の甲斐性がわかると自負していましたが、その基準はちょっと甘かったことに気づきました。でも、ヨレヨレの人に金運がなさそうなのはわかります。某宮家のプリンセスと婚約が延期になったKさんが、GWに図書館を訪れたとき、シワシワのシャツを着ていたことを思い出しました。彼なりの、こなれ感の演出だったのかもしれませんが。そもそもなぜ、あのおじさんの経済力が知りたいのかというと、自分でもよくわからず、ただ気になるとしか言えません。（下心なんてとくにないし、しいて言えばうちの会社のノートを買ってほしいくらい……）と、玉恵は自分の心に言い聞かせました。ちょうど、紀州のドン・ファンの家政婦の女性が、銀座のホステスに転職した、というネットニュースが飛び込んできたばかりでした。家政婦の女性は、ドン・ファンの写真を店内に飾っていましたが、その写真のよどんだ目から、成仏していない感が漂ってきているのがスマホごしにも感じられ、玉恵はゾッとしてページを閉じました。元妻と家政婦の仲が良さそうなのも気になります。おじさんは性を搾取して、女はお金を搾取する……

そんな負のスパイラルには陥りたくないものです。

「目の輝き」でいうと、あのおじさんは、どなっていたとき、目力が強かったことが思い出されます。目が死んでいる系の若者とは対照的。また、肩のあたりもシャキッとして、やせていて、若いときはそこそこスタイルが良かったことが推察されます。何、おじさんの体の詳細を思い出しているんだろう、私……と、玉恵はひとり赤面しました。

あのとき、飴をもらったあと、「ありがとうございます!」と叫んでくるっとUターンし、そのまま走り去った玉恵。しばらく動悸《どうき》が止まりませんでした。挙動不審のおかしな女と思われたかもしれません。今度会うときまでに、あとをつけた理由を考えておかなければ。文房具のアンケート、とか、モニターを探していた、とか。とりあえず、飴のお礼にうちの会社のノートをプレゼントしよう、と玉恵は心に決めました。

次の日、出社し、在庫の中からめぼしいノートを探していたら、同僚の男性社員に声をかけられました。川柳ノートを企画した先輩です。

「何か探し物?」

「はい、ちょっとサンプルを知人に使ってもらいたくて」

「『夢引き寄せノート』なら大量に余ってるからどんどん持って行っていいよ」

「あ、たしか売れなかったやつですよね……」

スピリチュアル好きの女性社員が去年企画した、夢を具体的に書き込んで叶《かな》える、というふわっとした主旨のノートでした。

「鈴木《すずき》さんが、これからは絶対引き寄せ系だから、って力説して作ったノートだよ。書店のスピ系コーナーならまだしも文房具店では厳しかったね」

と、外山《とやま》先輩は苦笑いしました。

「量子力学的に言えば、見えてないものは存在していないのも同じだから」

外山先輩は頭の良い大学を出ているからか、時々こうやって知性をひけらかす発言をしてくるのが、どうも苦手でした。しかも、こっちが何も知らないと見下しているのか、例えば「ニーチェっていう人がいて……」とか、わざわざ「っていう人」と付けてきたりするのにイラッとします。なぜ、ニーチェとか量子力学とかベンヤミンとかシュレーディンガーとか小難しい単語で武装しているのでしょうか。意識高い系を気取って、会社のパソコンで「ニューズピックス」のページをさり気なく開いていたりするのも、いちいち目につきます。言ってしまえばキモいです。玉恵は、外山先輩のメガネの奥のドヤ目とドヤ口をチラ見し、そっとため息をつきました。30代の血気盛んな時期だからしかたないのでしょうか。先輩ももっとおじさんになれば、こんなマウンティング気質から脱却し、精神的に丸くなれるのかもしれません。あのおじさんは「シュレーディンガーって知ってる？」なんて絶対言ってこなそうな安心感があります。

若い女性には特有の傲慢《ごうまん》さがあり、玉恵もその例にもれず、女性には男性を嫌悪する権利がある、と思っている節がありました。ネットの中でも、「おじさんを気持ち悪いと思ってしまう」「中高年男性が苦手」「好意を持たない男性から声をかけられて気持ち悪い」「世の中なんだか気持ち悪い男性が多くないですか?」といった悩み相談が渦巻いています。男性は女性を見下し、女性は男性をキモがる、と、ここにもまた負のスパイラルがありました。男性はキモいかキモくないかにわかれる、外山先輩はどちらかというとキモいほうで、ありかなしかで言えばなしかも、と玉恵は先輩の後ろ姿を冷たく一瞥しました。

そんな玉恵から殺伐とした邪気が出ていたのでしょうか。帰りの電車でたまたま空いていた席に座ったら、しばらくして隣の東南アジア系男性が、別の席に移動したので、玉恵は軽くショックを受けました。もしかして私、体臭がヤバい? と心配になってしまいます。でも、自分からは男性を避けても良いけれど、男性が若い女性を避けるなんてあり得ない、という考えは思い上がりだったかもしれない、と考え直しました。席を移った男性は、きっと何かこだわりがあるのでしょう。そう思うことにします。

それからしばらく、贈答用のノートを持ち歩いていた玉恵。おじさんとはすぐには遭遇できなかったのですが、その週の金曜日に、やっと駅ビルの惣菜《そうざい》コーナーで見つけました。おじさんが、ばってら寿司《ずし》を物色していました。1000円の寿司を買うなんて、やっぱりそこそこお金持ちかもしれません。玉恵はドキドキしながら近づき、レジに行く途中のおじさんに話しかけました。

「あの、この前は大変失礼いたしました。高級な飴玉ありがとうございました。これ、粗品ですがお礼です……」

と、夢引き寄せノートを手渡すと、おじさんは一瞬その表紙に目を向け、

「夢引き寄せ……、夢、持たないといかんかね」と玉恵に問いかけました。

思わず言葉に詰まった玉恵。改めて問いかけられると、夢の存在意義がわからなくなってきます。小説でも映画でも、夢を持たなければならないと思わせるような展開が多くて、知らず知らずのうちに夢圧に影響されていたのかもしれません。

「いえ、必ずしも、夢は持たなくても良いと思います……」

おじさんは、何か夢に関していやな思い出でもあるのでしょうか。もはや夢を叶えるという欲求も超えて、達観しているのかもしれません。そんなところに痺《しび》れます。夢をあきらめた男性には枯れたフェロモンが。玉恵は、おじさんと改めて夢の是非について語りたいと思い、

「良かったら、詳しくお話を伺いたいので、ちょっとお茶でもどうですか」と、誘いました。おじさんは若干動揺しながらも、黙ってうなずき、玉恵のあとに続いてビル内の喫茶店に入りました。これまでまじめに生きてきた玉恵にとってはじめての逆ナン行為です。

ピンピンころりはおじさん世代の夢

死について語る時が一番
イキイキしてるのがおじさんの萌えポイントです

4

「夢、持たないといかんかね」

　おじさんが発した問いかけが、玉恵の心に刺さりました。会社の先輩が去年企画した「夢引き寄せノート」。玉恵も試しに使ってみたのですが、改めてどんな夢をと問われてみれば、あまり書くことがなくて、最初のうちは、「使った人を幸せにするノートを作る」など、なんとか夢らしきものをひねり出していたのですが、次第に「温泉に行きたい」「おしゃれなブーツを3万円以下で買う」「近所にスタバかタリーズができてほしい」「街でジャニーズに遭遇する」といった世俗的なものに変わってゆきました。

　では正しい夢とは一体どういうものなのでしょう。「ピアノのコンクールで優勝できますように」「芸術家として認められて作品がMoMAに収蔵されますように」といった芸術的で高尚な夢でしょうか。夢といわれて思い出すのが、以前何かの記事で見かけた、ウィーン少年合唱団の団員たちの「将来の夢」です。あれには圧倒されました。もちろん「歌手」も多いですが、それ以外は「歯科医」「外交官」「教育者かソーシャルワーカー」「持続可能なエネルギーを発展させる科学者のような、環境保護に関わる仕事」「会社を経営したい」「政治家のような、マイノリティーの人々を助けられる仕事」とか10代なのに、社会に貢献したい、という思いが強く伝わってきました。それを読んだとき、玉恵は、生きていてすみません、という気持ちになったものです。玉恵が小学生のとき「持続可能」なんて単語は存在すら知らなかったです。「ソーシャルワーカー」なんて単語は今も意味がわかりません。あまりにも立派で将来有望な夢は、周りの人を威圧し、恐縮させます。生まれながらに〝持っている〟人の場合は特に。誰もが成功する資質を備えているとは限らないのです。でも、世の中には夢を叶えるストーリーがあふれています。

「たしかに映画でも小説でも、主人公が何か夢を抱いていて叶えるためにがんばる、というストーリーが多いですよね。私もその影響を受けてたかもしれません」と、玉恵は半ば独り言のようにつぶやきました。

するとおじさんは、

「夢は経済を回すからね。夢を叶えるためにも、教育や材料費などコストがかかるし、叶えてからは成功者は買い物しまくる。それが資本主義に合致しているんだよ。夢利権で儲《もう》けたい奴らがいるってことさ」

と訳知り顔で答えました。資本主義に何か恨みでもあるのでしょうか。心のどこかに不満を抱いているらしいおじさん。電車で押したと言われてキレたのもなんとなく腑《ふ》に落ちます。

「世の中、夢のプレッシャーが激しすぎる。もう夢が叶っているのに、さらに大きい夢を持たなければならないと思って焦ったり。欲望は尽きないんだよ」

玉恵は、毎年どんどん大きくなっていく酉《とり》の市の熊手を思い出しました。最初に買ったのは小さいサイズだったのが、翌年はそれよりも大きく、次の年はさらに大きく、と巨大化が止まりません。ちょっと前に外注のイラストレーターさんがこう言っていました。「一度、いつも行くお店で買おうと思った熊手が売り切れていて、しかたなく前年より小さい熊手にしたら、仕事が減ってしまって、それからもう熊手は大きくするしかなくなったの」と……。自営業の人がハマる熊手スパイラル。とくにクリエイター系の人は前年より大きなプロジェクトを、と、夢欲に追われているように見えます。

「夢を叶えて成功したとしても順風満帆とは限らない。変な女に引っかかってお金を横取りされたり、巨万の富を遺《のこ》したけれど家族が遺産でもめたりな。死んだら何も持っていけないんだよ」と、緑茶を飲みながら達観したように語るおじさん。

玉恵の頭に、遺産問題で大変そうな亡くなった有名な作曲家の顔が浮かびました。そういえば彼はどこか紀州のドン・ファンと似ている目をしていました。何不自由ないはずなのに、どこか哀《かな》しさを漂わせた瞳。

「夢と欲望を混同するタイプも多いね。夢とお金が結びつくと厄介だ。知らず知らずのうちに心を侵食されていく」

おじさんは夢を持たないことを正当化しようとしているのでしょうか？　それはそれで淋しい気もします。おじさんはそんな玉恵の心の声が聞こえたように、

「無理に夢を持たなくたって、自然に生きていけば自分にとって必要なことが起こるさ」と言いました。

「でも、あえて夢を書くとしたらなんて書きますか？」と、玉恵は、夢引き寄せノートを開きました。するとおじさんは、ボールペンを取り出し、

「ピンピンころり」

と記入。思ったより達筆でワイルドな筆跡でした。やはりそれなりの学がある紳士なのかもしれません。

「これは……」と玉恵が聞くと、

「病気にならず、苦しまず、迷惑をかけずにぽっくり死ぬ、というのが今の一番の夢かな」と、おじさん。

「大分のほうに、三つのお地蔵さんがあってな。中高年に大人気らしいんだ。それぞれのお地蔵さんには『ぼけない地蔵』『ぽっくり地蔵』『寝つかぬ地蔵』と名前がついている。ぼけないで病で寝付かず、ぽっくり昇天するのがシニア世代の夢なんだよ。そのお地蔵さんにお参りしたいなあ。それもささやかな夢かもしれん」

「いいですね、大分県。温泉いっぱいありますよね」

玉恵の頭にひとつのアイディアが浮かびました。ぽっくり死ぬ前に、必要事項を記入しておくための終活用ノート、良いかもしれません。連絡を取るべき人、解約する手続きなど実務的なページと、お世話になった人への感謝の気持ち、今まで見て一番きれいだった景色、青春時代のトピック、好きだった人に思いを綴《つづ》るページなど、思い出ページで構成されているノート。年配者の夢にちなんで「ピンピンころりノート」なんて名前にしたらふざけすぎでしょうか？「ぽっくりノート」にすると、デスノートみたいです。デザインはしめやかな和テイストで。ともかく高齢化社会なので売れそうな予感がしてきました。おじさん、ありがとうございます。とりとめもない話で無益な時間かと思われましたが、お茶代も経費で落とさせていただきます。

「今日は貴重なお話、ありがとうございました。お代は私のほうで……」と、玉恵がお礼を言うと、

「のど飴が好きなんだろう。やるよ」とおじさんはカバンの中に手を入れて飴の袋を取り出しました。

「那智《なち》の黒飴とプロポリスのど飴どっちがいい？　若い人はプロポリスかね」

「ありがとうございます。いただきます」

玉恵はプロポリスの飴を数個受け取り、席を立ちました。

仕事のアイディアを思い付いたのに、なぜか気分が晴れず、帰り道、道行く人々の表情が腹黒く見えるのは気のせいでしょうか。おじさんから、社会への不満のヴァイブスを受け取ってしまったのかもしれません。

「なんであの男性、悪そうな笑みを浮かべているんだろう。ヨーロッパの童話に出てくる邪悪な小鬼のよう」

「あのおばさん、追い抜こうとしたら睨んできた。なんであんなに意地悪そうなんだろう……」

などと罪なき人々の欠点を心の中であげつらっていた玉恵。それは風邪をひく前兆だったようです。邪気が入り込むと、ダークな考えに支配されるようになってしまいます。

翌朝、喉に貼り付くような粒子を感じ、風邪を発症したことに気づきました。その日は会社でマーケティング関係の会議があり、直接的には関係ないものの、意見を求められる場面もありました。のど飴をなめながら出席したら、いつかの熊本市議の女性のようにおじさんたちに囲まれて怒られかねません。玉恵は器用にも、声を発するときは飴を舌に触れない位置に移動させ、幸いにも気づかれませんでした。

しかし菌が増殖してきたのか風邪の症状は徐々に悪化。今年の風邪は喉にくるらしく、咳が止まりません。喉の菌は、もうそこに定住することを決めたかのように動かず、うがいをしてもどうにもなりません。帰宅後いったん出だした咳が止まらなくなり、次第に吐き気まで催してきて、玉恵は涙を流しながらひとり寝室で苦しんでいました。咳のしすぎで腹筋も痛くて、風邪ごときでおおげさですが、この世にこんな苦しみがあったとは、という思いがよぎります。咳の嵐の中、闘病記のノートもいいかもしれない、そんな思いが浮かんでは消えてゆきました。

ふと思い浮かんだのが、おじさんがくれたプロポリスのど飴です。家には薬も何もないけれど、あの飴をなめれば、しばらくは咳がおさまるかもしれない。玉恵は藁《わら》をも摑《つか》む思いでバッグの底から飴を取り出しました。そして口に入れると横になりました。確かに、なめている間は咳が一時的に和らぎます。おじさん、ありがとうございます。と、玉恵は感謝の思いで目を閉じました。

しかしまた咳のうねりが起きて、息を吸い込んだ瞬間、飴が喉にハマってしまったのです。「ヤバい、死ぬかも」玉恵は半ばパニックになり、息が止まったのが長い時間に感じられましたが、実際は十数秒かそこらだったかもしれません。なんとか力をふりしぼって肺の奥から息を吐き出し、飴玉を吐くことに成功しました。飴で死ぬところでした。あのおじさん、もしかしたら自分に潜在的に悪意を抱いているのかもしれません……。呪いのようなできごとに、玉恵は風邪だけではない寒気を感じました。飴で議会を退席させられることもあれば、命の危険にさらされることもあるので、油断できないです。

そして若くても老いていても人はいつ死ぬかわからない、そのことを玉恵は実感しました。終活ノートが高齢者のためのものだなんて、おごった考えだったと反省。若いうちから、死について予習しておいたほうが良さそうです。ノートも全世代に向けたものに考え直さなければと、玉恵は思いました。風邪で辛《つら》いけれど、仕事のことを考えていたら、少し元気が出てきました。

おじさん難が続いたら……最近おじさんの恨みを買ってないか胸に手を当てて考えた方が良さそうです

5

おじさんにもらったのど飴が詰まって数秒間生死の境をさまよった玉恵。臨死体験まではいきませんでしたが、おかげで新しいノートの企画が固まりました。

次の日A4の紙に企画書をしたため、満を持して会社の企画会議に提出。

「終活手帖　企画書」

「・スケジュールの日にちの欄には、それぞれその日に亡くなった人の名前を入れます

(例　1月1日　ルイ十二世、1月2日　フリードリヒ・ヴィルヘルム四世、1月3日　運慶、1月4日　秩父宮《ちちぶのみや》　雍仁《やすひと》親王……など)

どんな偉人でもいつかは亡くなるということを実感することができます。

・遺された人が困らないように、銀行の口座や暗証番号、申し込んでいるサービスや暗証番号一覧などを書くページを設けます

・亡くなった場合、連絡してほしい人のリストのページ

・その他、お世話になった人への感謝の気持ちを書くページ

・年代ごとの思い出を書くページ（幼稚園、小学校、中学校、高校、大学……など）

・懺悔《ざんげ》のページ
・辞世の句
・理想の来世、生まれ変わりの希望」
企画会議ではわりと手応《てごた》えがありました。上司のおじさんたちが年齢的に終活を考える年頃だったというのもあるかもしれません。

「でも、こちらの手帖《てちょう》はシニア世代だけに向けたものではありません。若くても、人はいつ死ぬかわからないのです。現に私も、最近のど飴が喉に詰まって一瞬死ぬかと思いました。この手帖は全世代に向けた、転ばぬ先の杖《つえ》です」

会議でいつになく熱弁を振るう玉恵。実感がこもっています。

「『夢引き寄せノート』よりは売れるんじゃないの？」

柳田課長が言って、チラッと昨年ノートを企画した鈴木先輩を見ました。角が立つようなことはやめてください、と、玉恵は心中穏やかではありませんでした。

「連絡先の欄に書きたいけれど書けない人がいる場合はどうすればいいんだろう」

突然、山中係長が変なことを言い出しました。服装が若くてまだギラギラ感が残っているアラフォー男子です。納涼会で江頭２：50の物まねを披露しただけあって、ゴールドジムで鍛えた肉体が自慢のおじさんです。

「山中くん、もしかして愛人でも……」

と、突っ込みを入れる課長。

「いや、僕じゃないですけど、最近パパ活とかママ活とか流行ってるから、誰もがそういう相手いるんじゃないんですか？」

少し動揺を見せながら答える係長。

「うちのお給料じゃそんな活動できないでしょ」

と、課長に言われ、

「それにしても、この例に出てくる、亡くなった人が貴族とか王族ばかりなのが気になりますね。地位の高い男性への憧れというか迎合が感じられるな」

と、山中係長は突然玉恵に話の矛先を向けてきました。

微妙な笑いが起こり、玉恵はちょっといたたまれない気持ちになりました。


今のところ金銭の授受は何も発生していないとはいえ、もし会社の誰かが玉恵と電車のおじさんがお茶しているところを見かけたら何と思うでしょう。パパ活、という年齢差ではないので、祖父活と思われるかもしれません。心の中でずっと、おじさん、と呼んでいましたが、おじいさん、と言っても良いかもしれない年齢感です。

数日前に渋谷のセンター街ですれ違った女子たちの会話が玉恵の脳裏をよぎりました。

「パパ活、はまらないようにしないとね」

「池田《いけだ》さんに、ご飯行こうって言われたけどお金くれないし、とか思っちゃった」

「感覚狂うよね～」

同じような背格好で茶髪で若い女子二人。玉恵は顔を見ようと近付いたけれど見えなかった。でもきっと見分けがつかないようなルックスだったことでしょう。

「あと2、3万欲しいし」

そう漏らした女子のキャメルのコートがシワシワなのを玉恵は見逃しませんでした。

（アクリルとナイロンの混紡で5900円ってとこかな）、と玉恵は瞬時にジャッジ。

おじさんからお金をまきあげて、せめて2万円台のコートを買えると良いですね。

もし彼女たちがパパ活でなく、祖父活だったら、……好感度がちょっとアップするような気がするのが不思議です。おじいさんを孫感覚でいたわっているような。高齢化社会の今、70代男子と20代女子が交流を持つことで、お互い得るものがありそうです。孫や子どもと疎遠になっている高齢者や、独居老人の方々が心の淋しさを埋めることができて、さらに若いエネルギーを吸収。若者の方は人生の知恵をシェアしてもらったり、もし経済的に余裕があればおごってもらったり……。もちろん、若い男子と老女の祖母活もありかもしれません。そして交流するうちに、何か情が芽生えて、遺産の相続人に……こんな下心、よくないですよね。

玉恵がしばらくそんな空想にふけっていたら、いつの間にか会議は終わっていて、手帖の企画もさらに進めることになっていました。

玉恵の祖父活の方は、また新たな局面を迎えました。地元の駅前のドトールに入って休憩しようとしたら、電車のおじさんと遭遇したのです。

ブレンドコーヒーをひとりで飲んでいたおじさんは玉恵に気がつくと、前の席を示して座るように促しました。コーデュロイのシャツに、ボトムスはデニムです。70代（と勝手に決め付けていますが）でもデニムが着られるんだ、と、玉恵は内心驚きました。

「ほら、この前のノート使ってるよ」とおじさんは、在庫を進呈した「夢引き寄せノート」を上げてみせました。そしてページを開くとそこには、おじさんが行きたいという大分県の、ぽっくり地蔵への行き方が書かれていました。

「熊本空港から特急バスで竹田市《たけた》 1時間45分」

このおじさん、本気だったようです。リサーチも済ませていて、実は仕事ができるおじさんだったのかもしれません。

「竹田市は九州の真ん中らへんで、アクセス的にはバスか車だろうな。タクシーだと2万円以上かかってしまう」

「はあ……」

「温泉も近くにあるらしいよ。大分は温泉県だもんな。あんた、行きたいって言ってたろう」

えっ、いつの間に一緒に行くことに？　玉恵は内心の動揺を隠せませんでした。お茶ならまだしも、一緒に旅行なんて意味がわかりません。

「すみません、ご一緒するのはちょっとはばかられるというか……余裕がなくて……」

するとおじさんのメガネが乱反射したのか一瞬キラッと光り、

「マイルならあるよ。結構たまってるから」と、お財布からカードをチラ見せしてきました。あれはもしかして、実家の父が入りたいと願望を語っていたけれど、紹介制で入れなかったダイナースのブラックカード。おじさんはやはり富裕層だったのでしょうか。1ミリも心が動かなかったと言えば嘘《うそ》になります。でも、70代（仮）とはいえ男性と一緒に旅行するのは危険です。実家の両親に知られたら卒倒されかねません。そもそも自分のおじいちゃん孝行もちゃんとできていないのに……。おじさんの「結構たまってるから」というセリフも、何か別の意味がこめられていそうでイヤです。玉恵の心に抵抗の波が押し寄せました。

「すみません、やっぱり無理です」

玉恵はきなこ豆乳ラテを急いで飲み干すと、席を立ち、店を出ました。おじさんの淋しそうな視線を首筋に感じながら……。

その日から、一抹の後ろめたさが続き、何となくついていない日々です。玉恵が電車に乗ったら、おじさんのリュックに押され、出口のところでは両脇で体を硬くして動こうとしないおじさんに阻まれ、降りるのに難儀しました。入口脇で動こうとしないおじさんのことを通称「狛犬《こまいぬ》」と呼ぶそうです。電車で押してきたあのおじさんが攻めだとしたら、狛犬は守りでしょうか。電車ではそれ以外にも微妙に不快なできごとがあり、それは玉恵の責任もあるのですが、デパ地下で買って帰ったお惣菜のパックが、混んでいる車内で気付いたら、知らないおじさんのお尻に刺さっている格好になっていたのは衝撃でした。そのお惣菜は、気持ちの問題かもしれませんが、味も変になったような……。1000円もしたのについていません。

また別の日、玉恵は横暴なタクシー運転手に遭遇。行き先を伝えると「は?」と何度も聞き返され、三度目でやっと伝わったと思ったら、目的地と全然違うところにおろされました。おじさん難の日々は続き、ある夜などは、道で横断歩道が青になるのを待って立っていたら、たまたま窓を開けて通りかかった車の運転席のおじさんに、「ぶあっくしょん!」と、勢いよくくしゃみをかけられました。飛沫《ひまつ》が飛んできて、顔についた気がして、玉恵はコンビニのトイレにかけこみ、急いで洗い流しました。これでまた風邪でもひいたら運が悪すぎです。しかしそのコンビニでも油断できませんでした。トイレを借りたので、せめて何か買って行こうと思い、ドリンクを持って列に並んだ玉恵。そのコンビニのレジ待ち場所は、横からも後ろからも行ける動線があり、横から歩いて行った玉恵のしばらく後に、まっすぐ後ろから歩いてきた男性客がいて、タイミング的にも玉恵の方が2秒くらい早かったのに、横から歩いてきた玉恵はあろうことか、コンビニ店員に割り込み扱いされてしまったのです。

「後ろのお客様の方が先になります！」と大きな声で言われて、玉恵は恥ずかしい思いをしました。今流行りのグレイヘアだか何だか知りませんが、メガネでマスクをかけたおじさんを、玉恵は忌々《いまいま》しげに凝視しました。そして結局、ドリンクを買わずに棚に戻して、コンビニを出ました。せめてもの女のプライドです。このことはコンビニのお客様相談室に投稿すべきでしょうか……。玉恵の心は殺伐としていました。

ふと、玉恵の頭をよぎったのは、もしかしたら私はおじさんに復讐《ふくしゅう》されている？　ということです。ひとりのおじさんに冷たくすると、集合的無意識でつながっている日本中のおじさんたちにそれが伝わり、おじさんたちに仕返しされてしまうのかもしれません。目には目を。歯には歯を。おじさんにはおじさんを。おじさんを笑う者はおじさんに泣くのです。玉恵はおじさんの見えざる連帯パワーに戦慄《せんりつ》しました。

救急車の車内は救急隊員のアドレナリンが渦巻く空間
父が心配ながら、女性ホルモンが活性化しそうです

6

夕方、駅のホームで電車を待っていた玉恵の耳に、どこからともなく猫の声が聞こえてきました。

「ニャオ〜ン」

どこかに猫が？　と、猫好きの玉恵は周囲を見回しましたが、バスケットなどを持っている人は半径数メートル以内に見当たりません。

「ニャ〜オ」

またた、と玉恵はキョロキョロしました。声の出所は、ななめ前に立っている革ジャンの痩せたおじさん以外にはいなそうです。

「ニャ〜」

玉恵は、おじさんの口から鳴き声が発せられていることをはっきりと確認しました。キモ……とか思ってはいけないですよね。このところ、玉恵はおじさん難の日々でした。電車で出会ったキレやすいおじさんと交流を持つようになり、そのおじさんが勝手に一緒に旅行するという話まで進めようとしていたのを、きっぱりと断ったのが一週間ほど前。それから、不親切なタクシー運転手のおじさんとか、盛大にくしゃみをしてきたおじさんとか、嫌な感じのコンビニ店員のおじさんとかに次々と遭遇。おじさん全体に復讐されているかのようでした。映画『アバター』に出てきた植物のように、地上で共生しているおじさんたちは、お互い思念波で交信し合い、潜在意識下で巨大なネットワークを形成しているのです。

なので玉恵はできるだけ、変なおじさんを見かけても、温かい目で見るようにしたいと思っていたのです。

「ミャッ」電車に乗り込んだ猫おじさんは、空席を見つけて嬉《うれ》しそうに鳴いていました。ちょっとかわいい……と思うことにします。しかしおじさんの前には、獰猛《どうもう》な犬の顔がプリントされたニットを着ているおばさんが座り、それ以来猫の鳴き声は聞こえなくなってしまいました。猫おじさんは、ぼんやりとスマホを取り出して眺めていました。猫動画でも見ているのでしょうか。大体おじさんよりもおばさんの方が圧が強めのことが多いです。もしかしたらおじさんは皆が思っているよりも、けなげで無害な存在なのかもしれません。

玉恵の前を、立ったままiPadでソリティアをしているおじさんが横切りました。よっぽど大画面でやりたかったんですね、と、玉恵はうっすらほほえみを浮かべて、そのおじさんを見守りました。

翌朝家の近所では、宅配便のおじさんと工事現場のおじさんが「おはようっす！」と挨拶しているシーンに遭遇。どこで二人の交流が生まれたのでしょう。ほほえましいシーンです。

こうやって、おじさんへのポジティブな印象を積み重ねることで、少しずつ、おじさん運が良くなっている気がしていましたが、錯覚だったのかもしれません。会社に行ったら、渾身《こんしん》の「終活手帖」の企画の存続が危ぶまれる事態になっていました。

玉恵は柳田課長に呼び出され、こう告げられました。

「この前の『終活手帖』なんだけど、ちょっと時期を考え直すというか、保留にしていいかな。

今、『ざんねんな死に方』という本が話題なの、知ってる？　最初は売れてたんだけど雲行きが怪しくなっているんだよね」

「ツイッターで見ました。炎上してるんでしたっけ」

「ざんねんな死に方」はタイトル通り、変わった死に方や笑える死に方を集めた本。例えば、トイレでいきみすぎたことが原因で亡くなった人の例とか、フライパンの表面から発せられた有毒ガスで亡くなった人、傘で突かれて亡くなった人、胴上げで落とされて亡くなった人、ブラジャーの金属ワイヤーに雷が落ちた人、タイタニックポーズをしていたら海に落下したカップルなど……。玉恵も書店で手に取って買おうか迷ったくらいの話題の本でした。

「あの本に載っていた、餅を喉に詰まらせる死に方が、たまたま遺族の目に留まって、出版社にクレームが入り、それから炎上状態になったのは知っているかな」

「はい……。でも、それとどういう関係が……」

「今、死を茶化すと炎上する流れになっているから、あの手帖もリスキーだと部長が言い出して……」と、責任転嫁し、言葉を濁す課長。

「そうですか……ではほとぼりが冷めた頃に、また新たに考えます」と、肩を落とした玉恵。もう自費出版で印刷して、出版イベントで個人的に売るしかないでしょうか。

会社の頭の固いおじさんたちにダメ出しをされて、これもおじさんを冷たくあしらった呪い？　なんとかあの電車のおじさんの気持ちを静めなければと玉恵は思いました。今度遭遇したら笑顔を振りまいて、好印象を植え付けたいです。

しかし、おじさんからの試練は終わりませんでした。その日のお昼過ぎ、変な時間にスマホが鳴り、画面には「父」という文字が。家族から変な時間にかかってくる電話ほど、心臓に悪いものはありません。電話を取ったら、弱々しい声で「お父さんだけど、急に具合が悪くなって、動けないんだ。お母さんは友達と奄美《あまみ》に旅行に行ってて……」と、渾身のSOSを発していました。身近なおじさんのことを忘れていました。玉恵は、ひとりっ子の義務感にかられ、上司に「父の体調が悪いみたいなんです」と告げると、千葉の実家に向かいました。

電車で向かう間、部屋で倒れてもう息がない父親の不吉なイメージが浮かんできて、玉恵は不安でいっぱいでした。家で死んだらどうすれば良いのか、たしか検死が必要だから警察を呼ばないとならないと聞いたことがあります。悪い方に想像が膨らみ、玉恵は震える指で「家で死亡　警察」などで検索。こういう情報も「終活手帖」に入れるべきかもしれません。

マンションの一室である実家に着いたら、人の気配がしていました。生きている！まずそのことに安堵《あんど》。しかし父は顔の半分くらいクマができていて、ひどく具合が悪そうでした。

「体が痺れて動かないんだ。もう午後だから病院は急患じゃないと受け付けしてくれない。救急車を呼んでくれ」と、父に頼まれたものの、そんな大事にしてしまってはという気持ちがあり、近所にタクシーで行ける病院がないか検索。すると、「必要もないのに手術をしようとするS病院」が出てきて、やはり少し遠い大学病院に行くのが安全そうです。

躊躇《ちゅうちょ》していたら「救急車はタダだぞ」と、具合が悪いながらも、やたら救急車推ししてくる父に根負けし、玉恵は緊張の面持ちで「１１９」をプッシュしました。電話口の、男性の力強い受け答えに安心しながら、玉恵は住所を伝えました。

20分後くらいに救急車が到着。担架を持った救急隊員がやってきました。父は具合が悪そうながらも、椅子に座って待機していたので、救急隊員の前ではもっと緊急っぽく部屋に倒れていた方が良かったのでは？　という気持ちがよぎった玉恵。でも担架に横たわって運ばれると、いっぱしの重症患者のようです。

車内で心電図をつけて、脈拍や血圧もチェック。毅然とした救急隊員がかっこよく見えます。

「手をグーチョキパー、ってやってみてください。今触っているのは何の指かわかりますか？」「左手の小指……です」力なく答える父。でも感覚はちゃんとしているようで玉恵はホッとしました。

「では、〇〇大学病院に向かいますね」

「お願いします！」

メガネの救急隊員の男性は、毎日こうやって大変な状況の人をサポートしているのでしょう。どんな場面でも動じない、感情の見えない顔でしたが、目には知性と自信がみなぎっています。ちょっと好きになりそう、と玉恵は思いました。もしかしたら、人を好きになりたかったのかもしれない、と……。

今は救急隊員にボーッとしている場合ではなく、父を病院に送り届けなくてはなりません。でも、救急隊員の修羅場フェロモンは半端ないです。付き添いの隊員だけでなく、運転担当の隊員もワイルドさと礼儀正しさを併せ持っていました。

「恐れ入ります、右に曲がります！」「恐れ入ります、赤信号直進します！」「すみませんが間隔を空けてお待ちください！」

と、スピーカーで周りの車に慇懃《いんぎん》に呼びかけながらも、猛スピードで車列を左右に抜けながら、走っていくのです。ドライビングテクニックも大したものです。玉恵は、こんな状況ですが、ドライブでこんなにドキドキしたことはないように思いました。もちろん父が心配という緊張感もあります。それと、救急車と救急隊員の非日常感やアドレナリンが加わって、擬似的な恋愛感情を引き起こしたのでしょう。吊《つ》り橋効果よりも多大な救急車効果。そしてこんなに無償で助けてくれたのに、病院に着いたら名乗りもせず、また次の現場へと立ち去ってしまう。その去り方もかっこよすぎです。

父が病室に入っていって待ち時間になったので、玉恵はつい「救急隊員　かっこいい」で検索。すると同じような意見の女性たちがいて、共感に包まれました。

救急病棟のスタッフたちも志が高く、男性も女性もキビキビと働いていて、玉恵は感動を覚えました。毎日死と向き合うハードな仕事なのに、使命感を持ってポジティブに働いている医師や看護師たち。この方々に比べたら、死について何も実感もないまま、安全な会社の机で「終活手帖」なんて考えて、得意げになっていた自分が恥ずかしいです。

数時間後、診察室に呼ばれたので向かったら、青い服のお医者さんが状況を伝えてくれました。ドキドキしながら拝聴する玉恵。

「ＣＴやＭＲＩを撮り、血液検査もしましたが、緊急の対応を要する変化はないことを確認しました」

「そうですか！　ありがとうございます。ではあの具合の悪さは……」

「食あたりですね」

「えっ……」

玉恵は絶句しました。母が旅行に行って不在の間、期限切れのものでも食べたのでしょうか。それにしても人騒がせすぎます。以前、リアリティ番組で、大家族の父親であるビッグダディが大腸がんかもしれないと家族を心配させておいて、病院で「痔《じ》です」と告知されたシーンで脱力したものですが、それ以上に力が抜けました。

「お騒がせして、すみませんでした……」

病室に戻るとベッドに横たわっている父が「ふぁ～あ」と大あくびをしていて、玉恵は苛立ちと安堵が混ざり合ったような思いでした。何の因果か、おじさんに振り回される毎日です。

お寺の線香の煙がたなびく中、おじさんと連れの
女性の姿が・・・・

煙にやられて涙が出た
のをショックで泣いて
いると勘違いされたくないです

7

「聞いてよ、この前うちの父が倒れて救急車を呼んだり大変だったの」

玉恵は久しぶりに高校時代の同級生、茜《あかね》を呼び出して近況を聞いてもらいました。前にＬＩＮＥグループで男性の甲斐性について質問したメンバーの中の、一番仲が良い（と玉恵は思っている）、小さい広告関係の会社で働いている女友達です。

「お父さんが世間体を気にして、マンションの近くに来たらサイレンを消してほしいとかあれこれ指示してきて、それをいちいち救急隊員に伝えたりして。具合がすごい悪いと言いながら、家の中で座って待ってるから、もっと重症っぽく横たわってたほうがいいんじゃない？　って思ったんだけど。救急隊員に、すみません、そんなに重症じゃなくてって言ったら『もっと元気な人もいっぱいいるから大丈夫ですよ』って。あ、救急隊員けっこうかっこよかった」

「症状そこまで重くなくてよかったね。この前『警察24時』系の番組を見てたら、何か薬の依存症の男性が気軽に救急車呼んだりしてた。お父さん大丈夫だった？」

「いろいろ検査したんだけど特に原因がわからなくて、腐りかけのものでも食べたんじゃない？　ってことになって。人騒がせだよね」

「人騒がせといえば、私も最近大変だったの。会社がバタバタで」

と、茜は深刻な表情で話しだしました。

「どうしたの？」

「実は、社長が急死して……」

「えっ？」

「全然元気だったんだよ。まだ60歳で若かったのに、心臓発作だって。信じられない。副社長が社長になったんだけど、社長と仲良かったから最初は泣いてて、あいつは素晴らしい男だった、って言ってたんだけど、その後の事後処理が大変すぎて、一週間後には、あいつはひどいって怒ってた」

「ある意味、悲しみが忘れられて良かったのかも……」

父の救急車どころではない深刻な話に、どうリアクションしていいのかわからないながら、玉恵は少しでもポジティブなことを言わなければと思いました。

「それはそうなんだけど、でも会社の株を社長の奥さんが売らないように副社長が説得したり、何も税金対策してなかったから相続税が大変なことになったり。くわしいことはわからないけど、会社の株にも相続税がかかるらしくて。新しい社長がなんとか工面してるんだけど、会社の経営がやばくなって社員まで経費節減させられてるの」

「税金って大変なんだ……。じゃあ今の日本で有名なIT社長とか亡くなったら、そのあと会社の存続の危機だね。若いから自分は死なないって思ってそうだけど」

「前澤《まえざわ》社長みたいに生きているうちにお金を配りまくるのは賢いかも。感謝されるしね」

と、最近の話題を出す茜。

「でもあれもどうなんだろう。人の心を弄んでる気がする。100万円当たったうちのひとりが、パレスチナの子供の教育のために寄付すると言ってたのが、やっぱり自分のために使うって言って炎上してたよね」

玉恵もこのニュースが密《ひそ》かに気になっていて、時々チェックしていました。

「私も金欠だしちょっと心が動いたけど、応募しなかった」と、茜。

「私も一瞬迷ったけれど、ネットで、お金に群がった人だって世界中に知れ渡るリスクのほうが大きくない？」

そう言いながら、自分は意外と世間体を気にしているのかもしれない、と玉恵は思いました。救急車のサイレンを消すように言ってきた父の血を引いています。

「それにしても大金を目にすると人間て変わるんだね。金融資産を残さず高額な絵を買ったりするほうがまだ平和かも」

「でも前澤社長が集めてるような有名な絵だとさすがに税金かかっちゃうんじゃない」

「じゃあ税金対策で純金の仏像や仏具を買っておくとか」

「せこいね〜」

「大金持ちって大変だよね」

玉恵と茜は、財産が多すぎると争いやトラブルのもとになるので、大金持ちでなくて良かった、という結論に至りました。

ふと、電車のおじさんの姿が頭をよぎりました。おじさんは貧乏なのか富裕層なのかいまいちわからないけれど、死後相続でトラブルが起きるくらいの莫大《ばくだい》な財産は持っていなそう。このままいけば平和にこの世を去り……ってなんて不吉な想像しているんだろう私、と玉恵はあわてて思いを打ち消しました。

父の体調の心配に加え、茜の会社の社長の急死の話を聞いて、今まで以上に死が身近なものに感じられます。「終活手帖」なんて企画したから引き寄せてしまったのでしょうか。

「そういえば、私もちょっと前に寝ながらのど飴なめてたら、詰まって死にそうになったんだった」

「本当に？　良かった〜死ななくて」

茜は優しくて、やっぱりグループの中で一番の友達だと玉恵は感じ入りました。

「お餅とかすごいおいしいけど、私も時々危険を感じることある」

「毎年お正月のお餅で何人も亡くなっているしね。たしか応急処置で掃除機で吸引すれば助かるかもしれないんでしょ？」

「私、掃除機を口に突っ込まれるくらいなら死んだほうがいいかも」

「私も〜」

と、まだ20代で誤嚥《ごえん》と無縁で実感がわかない二人は同意し合い、でも最近いろいろあったので二人で近々お参りに行こうと約束して、しめやかに解散しました。

玉恵が霊験のありそうな神社仏閣について調べたところ、下町でメジャーなのはやはり浅草寺《せんそうじ》だという結論に達しました。都内で最も古いお寺で厄除《やくよ》けにも定評があります。

茜と待ち合わせをして、ちょうど訪れたのは不動尊の縁日で、浅草一帯は混み合っていました。

「見て、あの人力車の人かっこよくない？」

めったに浅草に来ない、西の方に住んでいる茜は観光気分ではしゃいでいます。

「そうかな、ちょっとチャラくない？　それより今日は社長さんの成仏を願ってちゃんとお参りしたほうがいいよ。お線香も買って」

「そうだった。浮かれてる場合じゃないよね」

二人は線香の束を買い、火を付けたあと大きな炉の灰に立てました。風向きによっては煙がもろにかかって、いぶされたように目が痛くなります。でも、参拝者たちは「頭が良くなるから」と、頭の方に積極的に煙をかけていました。

それから石段を登ろうとしましたが、列ができていてなかなか進みません。

「本堂の中に入ると天井に龍の絵があって、その真下がパワースポットらしいよ」

と玉恵がどこかで聞いてきた情報を教えていると、前の方から声が聞こえました。

「ちゃんと並べ！」

という男性の声で、注意されたおばちゃんの集団が「やだ～こわ～い」などと大げさに言い合って後ろに並び直していました。

お寺でそんな厳しいこと言わないでも……と思いながら玉恵はどこかで不穏な予感がしていました。前の方を見ると、予想通りと申しましょうか、電車のおじさんでした。相変わらず怒りっぽいおじさんだと思いながら、後ろからこっそり姿を窺《うかが》いました。茜には、なんとなくおじさんと知り合いだと知られたくなかったのです。電車で玉恵のことをどなってきたおじさんという、そもそもの出会いを説明するのも大変です。下町でメジャーな浅草寺で、しかも縁日なので、おじさんが出かけてきてもおかしくありません。

「何か前の方で怒号が聞こえたけど。あの世代のおじさんってキレやすいよね」と、茜がうんざりした表情で言うのに「そうだね」と小声で同意した玉恵。背伸びをして前を見ると……意外なことに、おじさんの隣にはおばさんがいたのです。

さびしい独居老人だとばかり思っていましたが、おじさんには妻か彼女かわかりませんが、女性がいたのです。玉恵は平静を装いながらも心のどこかではショックを受けていました。一緒に大分のお寺に行きたいと声をかけておきながら、実際は連れの女性がいたとは。大分の誘いを断ったことを勝手に気にしていて損しました。おじさんとおばさんでご一緒にシルバー割引で行ってきてほしいです。

そのおばさんは美人という感じではないですが、人が良さそうな、市原悦子《いちはらえつこ》を地味にしたようなルックスでした。気の短いおじさんの文句にも、大人しく耐えていそうな女性です。

「私のほうが勝っているかも」

そんな浅はかで俗なことを一瞬でも、お寺の境内で思ってしまったことを玉恵は心の中で反省しました。ただ、おじさんとおばさんの間には他人行儀な空気があり、長年連れ添った夫婦には見えません。女友達なのでしょうか？　意外にモテる電車のおじさん。玉恵は二人の関係性について思いをめぐらせました。

「どうしたの？　気分でも悪い？」

急に無言でフリーズした玉恵を心配そうに見つめる茜。

「ううん、なんでもない。さっきの煙のせいかも」

本堂に入るとさらに混んでいて、いつの間にかおじさんとおばさんを見失ってしまいました。上を見上げると、観音様の優しい目が見下ろしていました。玉恵の心も少し慰められました。

しかしおみくじを引いたら、「凶」でした。雲がかかって月が見えないとか、舟を出そうとしても出せないとか、漢文で不吉っぽい言葉が書かれていました。

「ここのおみくじ、凶が多くて3割もあるらしいよ」と茜がフォローしてくれましたが、「凶」という字面だけでも凹《へこ》みます。

「願望 叶いがたし 病人 あやうし 失《う》せもの いでがたし まち人 きたらず たびだち わろし」

と、夢も希望もない言葉が羅列していて、玉恵はダウナーな気分になりました。

「凶って実は悪くないみたいだよ。ほら、ネットに書いてある。戒めれば吉に転じるって」

と、またもや茜がフォローしようとしてくれたのですが、「叶いがたし あやうし わろし」といった言葉が並んでいるのを見て「……」と、無言に。そんな彼女の手には、さり気なく「吉」のおみくじがにぎられているのを、玉恵は見逃しませんでした。

「吉っていっても難しくて何書いてあるかわからない。私、漢文も古文も苦手だったから。頭が良くなる煙をもう一回かけてきたほうがいいかな」と、すかさず謙遜し、気遣う茜。

「きっと社長さんが成仏したってことだよ、よかったね」

ため息まじりに玉恵は言うと、炉の煙が天に上がっていく様を眺めました。自分のもやもやした思いも成仏させたいです……。

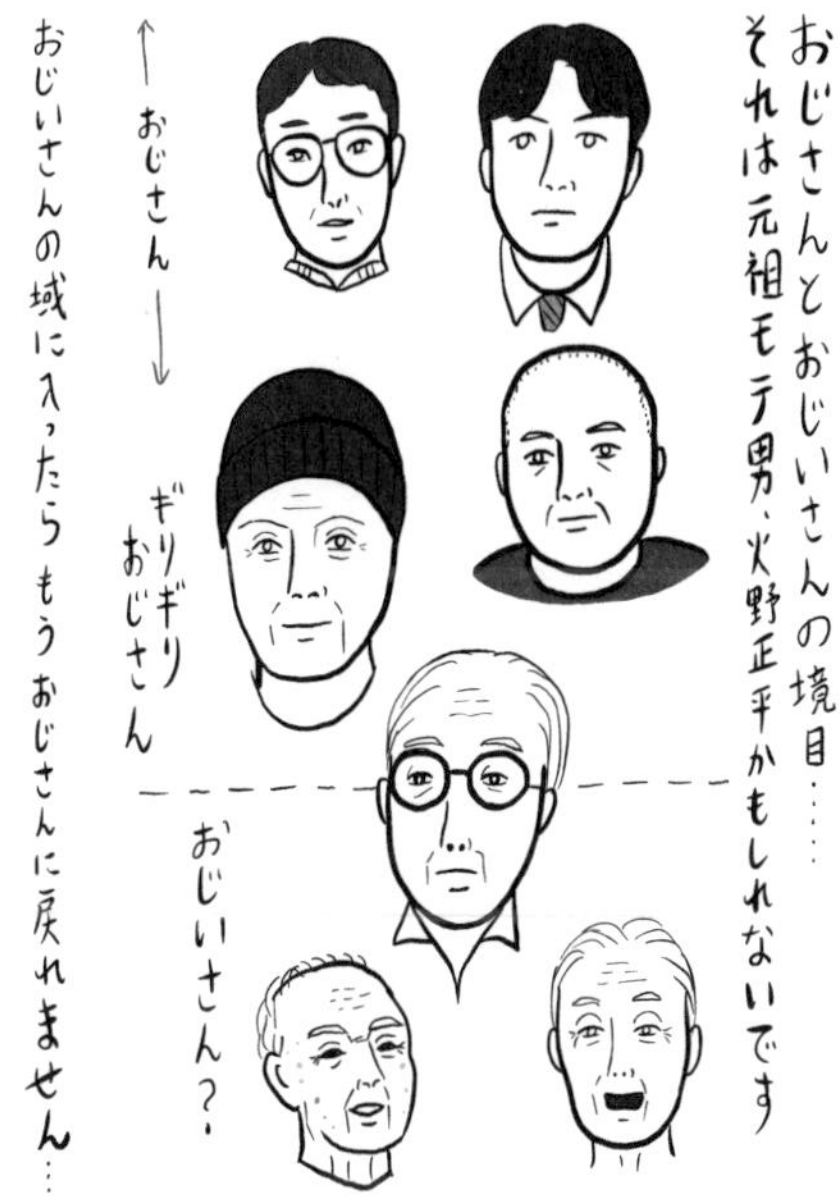
おじさんとおじいさんの境目……
それは元祖モテ男、火野正平かもしれないです
おじさん
ギリギリおじさん
おじいさん？
おじいさんの域に入ったらもうおじさんに戻れません…

8

浅草寺のおみくじが凶だったり、電車のおじさんがおばさんと一緒にいたりとショックなことが続いて、フラついていた玉恵は、道でぶつかりそうになったおじいさんに舌打ちされました。

「もう、浅草は怒りっぽいおじいさんだらけだね」と友人の茜は苦笑。

「さっき、お参りの列にちゃんと並べとかキレてたおじいさんもいたし。怒りっぽくなるのは脳の老化現象らしいけど」

玉恵はちょっとした言葉を聞き流すことができませんでした。

「浅草寺でちゃんと並べ！　って注意してたのは、おじいさんというよりおじさんじゃない？　茜、さっきはおじさんって言ってなかった？」

「そうだったっけ？　おじさんでもおじいさんでもどっちでもいいけど。白髪の感じが今思えばおじいさんだったかな、って」

「そうか、おじいさんか……」と、玉恵はショックを隠せません。

「どうしたの？　妙なところにこだわって。あの人、知り合いとか？」

「え、いや、そういうわけじゃないけど」

玉恵はあわててごまかしました。

それにしても、おじさんとおじいさんの境目はどこにあるのでしょう。会社の外山先輩は、この前「30歳になったからもうおじさんだ〜」と嘆いていました。30歳くらいから60〜70代までおじさん期が続くと思うと、日本の人口のうち、おじさん、おばさんが占める率は過半数になってしまいます。30歳くらいから何歳までがおじさんになるのでしょうか。玉恵は、帰りの電車の中で、乗客の男性たちを観察しながら、おじさんとおじいさんの特徴を書き出してみました。

「おじさんの特徴
まだちょっとギラギラしている。モテたそう。肌にツヤがある。中肉中背。わりと俊敏な動き。足腰がしっかりしている。黒髪〜グレイヘア。30〜60代」

「おじいさんの特徴
枯れている。やせ型。後ろ手を組んでゆっくり歩く。歩行困難。よく転ぶ。老人斑。乾いた咳。あきらめ感。でも瞳に叡智《えいち》が感じられる。白髪。70代以降」

以前、玉恵の高校時代の友人が、会社役員の愛人をしていた話を聞いたことがあります。60代のおじさんだったそうですが、もうこめかみのあたりに老人斑が現れはじめていて、その友人は老人斑に萌《も》えるとか、特殊な性癖をかいま見せていました。他に好きなのは、あきらめを漂わせているところ、と彼女は語っていました。それでも若い女子への執着心や性欲はあったらしいので、おじいさんというよりまだ現役のおじさんです。

世の中的には還暦をすぎてリタイアしたらおじさんからおじいさんになる、という認識のようです。しかし、今の60代は若いですし、70代でもシャキッとしている人はたくさんいます。80代でも男性フェロモンを感じさせる加山雄三《かやまゆうぞう》や、80代でも現役登山家の三浦雄一郎《みうらゆういちろう》みたいな人のことは、軽々しくおじいさん呼ばわりできません。少なくとも、自分より全然体力があると玉恵は思っていました。年齢的にはおじいさんだけれど、まだおじさんでいたい世代を「おじぃさん」と、小さい「ぃ」で短く呼ぶと良いかもしれません。玉恵にしてみれば、電車のおじさんも、まだ完全におじいさんにはなっていない気がします。あえて呼ぶなら「おじぃさん」でしょうか……。

スマホのニュースアプリを開いて、見るとはなしに見ていた玉恵の目に、ある芸能ニュースが飛び込んできました。

「火野正平のモテの秘けつ」

その瞬間、玉恵は一つの結論に達しました。おじさんとおじいさんの境目の存在……それは火野正平《ひのしょうへい》であると。玉恵は彼の活躍をリアルタイムでは知りませんが、元祖モテ男として名を馳《は》せた存在であり、同世代の期待の星であることはなんとなく知っていました。彼が「おじさん」としてがんばり続ける限り、境界線はキープされます。世の同年代のため、おじさんを死守しているのです。

（がんばれ、火野正平……）と、玉恵は内心でエールを送り、アプリを閉じました。他のおじさんのことを考えていたら気がまぎれて、電車のおじさんがおばさんと一緒にいたというショックなできごとから気を逸《そ》らすことができました。まあ、あのおばさんも、実際はおばあさんなのかもしれませんが……。

その日の夜、玉恵は久しぶりに官能的な夢を見ました。男性に、後ろから抱きすくめられる夢。その腕は力強く、生温かくて湿った吐息が首筋にかかり、クシャッとしたヘアスタイルなどから、若い男子であることが伝わってきました。夢の中で、顔も見えなかったのですが、その、誰かに求められているというリアルな感触が、玉恵の心をかき乱しました。性欲は、夢の中から来ることもあるのです。しばらく玉恵は悶々《もんもん》としたものを感じました。心は対象物を求めてさまよいはじめ、異性との交流の機会を探します。

例えばコーヒーショップで、男性店員が優しくて好きになりかけたり。「紙ナプキンはどこですか？」と聞いただけなのに「いくらでも使ってください」という、笑顔でサービス精神豊かな店員さんに、玉恵の心は奪われそうになりました。よく考えたら、そんなに紙ナプキンを必要としていると思われたのがちょっと複雑でしたが……。

デパ地下で、「オムライスとサラダのセット１０００円」という表示に惹かれた玉恵が「これください」とレジに持って行ったのはハヤシライスでした。

「すみません、ハヤシライスとはセットじゃないんですよ。でも、良いですよ。今、僕とお客様しかいませんから」と、店員さんは秘密を共有している空気感を出してきました。

「えっ良いんですか？」

「もう、この時間ですし」

７８０円のハヤシライスと４５０円のサラダのセットが割引で１０００円。よく考えたらそこまでお得ではありませんが、玉恵は素直に感動し、よく見たら店員さんもまあまあイケメンで、これから通いたいくらいです。

そしてかっこよかったといえば、先日父のために救急車を手配したときにサポートしてくれた救急隊員さん。クールで淡々と対応している姿がたのもしく、つなぎの作業着にもこなれ感が漂っていました。こうしてみると、世の中には素敵な人がたくさんいます。

（やっぱり、若い男性のほうがいいかもしれない……）と、今さらですが思えてきました。夢で感じた予兆が、今後現実にも表れてくるのでしょうか。

おじさんがおばさんと一緒にいるところを見せてきたように、玉恵も素敵な男性と一緒にいる姿をおじさんに目撃されたいです。そんな妙な願望まで芽生えてきました。

そんな折、文房具イベントに会社として小さいブースを出すことになりました。このところ文房具が一部でブームになっていて、文房具がテーマの雑誌まで出ているほどです。自社のノートの販促をしつつ、新しい企画のヒントがもらえるかもしれません。モノレールの駅からすぐの会場は、朝から入場待ちの列ができるほど混雑していました。1日目、会社の先輩二人とブースで接客するように指示された玉恵。広い会場には100近いブースが並んでいました。

「かわいい〜！」と鈴木先輩は他社の製品に興奮しっぱなしです。「あの、フルーツサンドを模したレターセット見た？　マスキングテープも種類が豊富で……あとで絶対買おう」

「でもすごい混んでるから、いいのはすぐ売り切れちゃいそうですね」

玉恵は、他社の華やかなブースに比べて、自社の文具がストイックで地味なのが気になりました。隣が原色デザインのドイツの文具メーカーのブースだったのでなおさらです。

「うちのノートって地味ですね……」とつぶやくと、外山先輩は、

「でも、紙質は海外のメーカーには負けていないよ。用途ごとに紙にこだわっているし。システム手帳用の紙には針葉樹パルプを混ぜて、強度を増して硬めに仕上げていたり、スケッチ用にはなめらかで柔らかい上質のコットンを利用したり。ほら、触ってみて。

この紙は色鉛筆と相性が良いんだ」

「コットンって洋服のイメージでしたが、ノートにも使われているんですね」

企画を立てることばかりにとらわれて、玉恵は紙質についてはほとんど無知だったことに気付きました。自社のノートを指で撫でさすっていると、たしかに気持ちが良くて、海外のザラッとした大味なノートの触感とは段違いです。

玉恵は、ノートをなぞる外山先輩の指が、意外と長くてきれいなことに気付きました。気品は末端に宿る、と聞いたことがあります。今まで教養をひけらかして鼻につく先輩だと思っていましたが、彼の指は学者の指。きっと代々そういう家系なのかもしれません。インテリ感がにじみ出てしまうのはしかたないのです。メガネの奥の瞳にも知性が宿っているようです。ふと、メガネの救急隊員と外山先輩の姿がオーバーラップしました。

「こちらの便せんは、世界有数のベラム紙を使用しています。どうぞお立ち寄りください！」

「万年筆でもにじみにくいMD用紙のノートです！」

と、マニアックな紙知識でお客を呼び込む外山先輩が、玉恵の目にはいつになく素敵に見えてきました。ただお客への訴求力はいまひとつでしたが……。

売上げ的には可もなく不可もなくでしたが、文房具業界の盛り上がりを肌で感じることができて、充実感に浸りました。

「やっぱりノートっていいですよね……」と、しみじみ玉恵が言うと、

「ノートは未来を作るツールだから」と、帰り際に先輩が放った言葉がまたかっこよすぎでした。今まではイラッとしたかもしれないのに不思議です。ちょっと会社に行く楽しみができたので、おじさんのことは忘れて仕事に励もうと玉恵は思いました。

気になる男性のことを妄想しながら、マッサージ店で男手で揉みしだかれる……

リスクもないし、誰も傷付かない、健康にもなって脳内プラトニックラブは忙しい女性におすすめです

9

ローズクオーツは、女性性を高めるパワーストーン。玉恵は、机の上に置いたピンクの石を、ときどき握りしめることで、何らかのパワーを得ようとしていました。ただでさえ女子力が不足しているので、パワーストーンの力を借りるしかありません。ピンクの石は冷たくて、手の平を刺激しながら、火照《ほて》った心をクールダウンしてくれます。玉恵の視線の先には、外山先輩がいました。

今まで教養アピールばかりしてくるので内心イラッとしていたのですが、文房具イベントでノートの紙質へのこだわりを知り、だんだんかっこよく思えてきました。仕事はそんなに忙しくないのに、なぜか廊下を歩くとき、IT企業の社員のようにノートパソコンを抱えている外山先輩。玉恵には、その意識の高さがまぶしく感じられました。そんな玉恵の念が届いたのか、外山先輩の玉恵に対する態度が少し優しくなった感が。

この日の会議では、何か企画を出さないとならなかったので、玉恵は急遽《きゅうきょ》、まだあまり練られていない案を提出しました。

「紙質によって手触りは変化します。

ピンと張った紙やクタッとした紙など、それぞれ感触の良さがあります。それぞれの紙を、人の年齢になぞらえたノートを考えました。女性だと問題があるかもしれないので、男性の肌感に対応します。

（例）

・赤ちゃん　ツルツルしたコート紙
・少年　竹パルプを使用した張りのある素材
・青年　硬いケント紙
・おじさん　優しいコットン
・おじいさん　クタッとした越前和紙

など……」

おじさんを優しい手触りのコットン紙になぞらえたのには、怒りっぽい電車のおじさんが少しでも穏やかになってほしい、という気持ちが込められていました。

もしかしたらいけるかも、と玉恵は心のどこかで期待していたのですが、企画会議でおじさん社員には失笑されました。

「何かちょっと欲求不満を感じるね」なんて、セクハラまがいのコメントまでもらって玉恵はショックでした。

でも、あとから外山先輩が声をかけてくれたのです。

「さっきの着眼点良かったよ。男性には考えつかない感覚的なアイディアだと思った。具体的なデザインを考えてまた再提案してみたらいいんじゃない？」

「ありがとうございます。先輩の考えた、書きやすい罫線《けいせん》の太さにこだわったノートも良かったです」

と、ほめ返した玉恵。

「いや、僕は何年か前にグッドデザインアワードを取ったノートに影響されただけで。なかなか新たな発想が浮かばないんだよね」

玉恵は、「グッドデザインアワード」と心のメモ帳に書き込みました。たぶん、外山先輩はいつかグッドデザインアワードを取るのが夢なのでしょう。その夢を応援してあげたい、という思いが玉恵の心に芽生えました。

そしてまた机の上のローズクオーツを撫でていると、通りかかった鈴木先輩にめざとく見つけられました。

「やだ、ローズクオーツなんてあからさまな。恋愛したいのね」

鈴木先輩はスピリチュアルにくわしいので、全てお見通しです。

「結構いい色だけど、どこ産？」

「わかりません……適当に雑貨店で買ったので」

「ローズクオーツは美容にも良くて、持っているとしわが消えるって。ちょっと触らせて」

鈴木先輩は、玉恵の石を握ってしばらく目を閉じていました。玉恵は、石を通じて鈴木先輩に、玉恵の気持ちが伝わらないかハラハラしました。でも、先輩は「ほうれい線薄くなったかな」と言いながら、立ち去っていきました。後輩の恋愛願望よりも自分のアンチエイジングのほうが大切のようです。

玉恵は机に座って事務的な作業をしながら、さきほどの外山先輩との会話を脳内で何度も再生しました。

（グッドデザインアワードって言ったとき、こう言えば良かった。東京ミッドタウンにあるデザイン系の美術館に、今度視察に行きませんか、って）

（それか、KITTEの中の、グッドデザインアワード受賞作専門店に行きませんか、って誘うのもいいかも……）

ミッドタウンもKITTEも、中にいい感じのカフェやレストランがたくさんあります。流れでお茶したりできるかもしれません。

（ミッドタウンだったら、とらやがいいかも。KITTEはサザコーヒーかな〜）

こうやって妄想しているのが一番楽しいです。

玉恵は、自分の趣味はプラトニックラブかもしれない、と思いました。あくまでもプラトニック。できれば相手に気付かれないくらいが理想です。脳内恋愛の域ですが、そっと意中の男性を見つめて、心の中で恋心を育てます。それは、小麦粉でパンとか焼き菓子を作るのに似ています。材料をこねて、しばらく寝かせて、そして加熱して膨らませる。スイーツは恋愛が食べ物として具現化したようなものかもしれません。

でも、食べてしまえば終わりです。恋愛も、関係を持ってしまえば、あとはいつか倦《けん》怠《たい》とか別れとか訪れる運命に。修羅場にでもなったら大変です。だからスイーツは、食べないでずっと眺めているのが楽しいし、エネルギーも消耗しません。飽きたら自分の意志で捨ててしまえば良いのです。プラトニックラブの主導権はこちらにあります。

思い返せば、これまでの玉恵の恋愛はプラトニックラブばかりでした。高校時代は、隣の男子校のサッカー部のイケメンを想《おも》い、よく校庭を駆け巡る彼を眺めていました。一度、バレンタインデーにチョコを渡したけれど、渡してすぐに走り去って、連絡先も知らせていません。彼の戸惑った表情だけでも、しばらく妄想の燃料になりました。

大学時代好きだったのは、同じ学部の同級生。たまにキャンパスですれ違って、目が一瞬合って会釈するので十分でした。それに、彼はいつもきれいな女の子を連れていました。

社会人になって、プラトニックを超えてひとり、バイトの同期と付き合っていました。相手からのアプローチがあって、断りきれず、ルックスもまあまあ玉恵の好みだったので……。玉恵はそのときはじめて性行為にまで至ったのですが、そのときの彼の顔があまりにも真顔で怖くなり、とにかく男性の必死さに引いてしまい、以来、やっぱりプラトニックラブがベストだという結論に至ったのです。とはいえ完全に肉体的接触を拒んでいるわけではなく、手をつなぐとか軽いキスくらいまでは妄想の範囲内です。ただ妄想にも段階があるので、玉恵はまだ先輩とキスまではイメージしていませんでした。

(プラトニック手帳なんて作ったら売れるかも?)

そんな雑念がよぎりつつ、というか心は雑念まみれですが、玉恵は仕事の合間に外山先輩について考えました。ワンルームに住んでいるらしいから、女っ気は感じられない。ときどき服にしわがついているし。あ、寝癖もあるときがあって、そこが萌えポイントかも。

そんな他愛《たわい》もないことを考えていると、楽しくなって血行も良くなってきた感がありま す。プラトニックラブというか脳内恋愛は、仕事のやる気を増したり、元気になれる効果があります。リスクはほとんどありません。

ただ、副作用かもしれないのは、恋愛モードになると女性ホルモンの関係か、やはり人肌が恋しくなるという面もあります。もちろん性行為なんて、疲れることは求めていません。ただちょっと、悶々とした思いを解消したいだけです。

久しぶりの脳内プラトニック期間、玉恵は仕事終わりに銀座に赴き、コスメのお店に行きました。「このリップ、試してみていいですか?」と玉恵はピンクのリップを指差しました。販売員の女性は、「では、今付けているリップを落としますね」と、コットンに化粧水を付けて、ゆっくりと拭き取っていきました。そして、玉恵の唇を至近距離で見つめながら、慎重な手つきでブラシを使い、バームを塗りました。玉恵は軽く目を閉じ、唇への感触に集中しました。次に、販売員の女性はリップを手に取り、リップブラシを使って輪郭から丁寧に塗っていきました。

塗り終わったあと、「こちらで軽くオフしてください」とティッシュを手渡されたので、玉恵は唇を半開きにしてティッシュに唇をつけました。フランス人女性がキスするときのように。

「よくなじんだ気がします」と、玉恵が鏡をのぞくと、そこにはやや紅潮した顔の自分がいました。明るいピンクのリップが、恋心をかき立てます。ふと、あのおじさんがこのリップを見たらどう思うだろうという考えがよぎりました。昭和初期生まれのおじさんなので、色気づいているとか、あばずれと思われるかもしれません。でも、今はおじさんの価値観は置いておいて、自分の直感に従います。

「これ買わせていただきます」「ありがとうございます。4100円になります」

内心、高っ……と思いましたが、もう後には引けず、購入。

それから玉恵はマッサージの店に吸い寄せられました。30分で3500円の骨盤矯正マッサージ。リップを買った時点で財布のひもが緩んだ状態になっていました。

（3500円ならいいかな）と、玉恵が中に入ると、施術してくれるのは男性スタッフでした。玉恵はダサい黒の上下に着替えると、施術室へ。ベッドに横たわるや否や、「体が歪《ゆが》んでいますね」といきなり言われて、オラオラ系の施術師に激しくマッサージされました。もちろん臀部《でんぶ》も入っていましたが、されるがままの玉恵。初対面の何の思い入れもない、一回で忘れそうなフツメンの施術師でしたが、ただ男性である、というだけで、陰陽の陽のパワーを注入してくれる貴重な存在でした。玉恵は、短時間のマッサージで、自分の内側の、プラトニックで埋められない部分が満たされていくのを感じました。

「ピピーピピーピピー」玉恵を現実に引き戻したのは、時間終了を告げるタイマーの音でした。

「ありがとうございました。3500円になります」

この日使ったのは、7600円……。プラトニックラブは、お金がかかります。

良かったら
どうぞ
ありがとう
今の時代、電波や電源をさっと貸せる女性
がモテそうです

10

「最近どうしたの、何かいいことあったんじゃない？」

鈴木先輩に声をかけられ、玉恵はドキッとしました。

「やっぱりあのローズクオーツの効果があったんじゃない。いいなあどこで買ったの？　私の指輪の石、どうもくすんでるんだよね……」

と、鈴木先輩が見せてきた指輪のローズクオーツは、素人目にもくすんでいるというか、輝きが感じられません。よほど、鈴木先輩の煩悩や邪気を吸い込んでいるのでしょうか。

「鈴木さんの石、ちょっと元気なさそうですね」

「そうなの。水晶のクラスターかセージで浄化したいんだけど買いに行くひまがなくて……」

そんな雑談をしていると、視界の隅に外山先輩の姿が見えました。メガネをかけて、クルーネックのニットにほのかに知性を感じさせる先輩。顔は……フツメンの中のフツメン。しかしフツメンほどだんだんハマる味わい深さがあります。玉恵は1秒ほど姿を確認すると、パソコンのモニターに目を落としました。完全にプラトニックラブで終わらせるためにも、相手に気付かれないことが重要です。妄想の中だけで完結しなければなりません。まちがってもリアルな恋愛関係という、リスキーな状況には陥らないようにしたいです。外山先輩と深い関係になるなんて……玉恵には想像できませんでした。こう言っては失礼ですが、無理です。相手の関心がこちらに向くか向かないかのところでさっと身を引きたい。それまではプラトニックな距離感を楽しみたいです。プラトニックラブの利点は、生活に張り合いができるということ。職場プラトニックラブの場合は眠気覚ましや仕事のモチベーション向上にもつながります。あとは、女性ホルモンが分泌され美容効果があるということ、駆け引きや肉体関係でエネルギーを消費しないこと、などでしょうか。

念じていれば縁を引き寄せるのか、この日、外山先輩と一緒に打ち合わせに出かける用事がありました。下町の印刷会社へ行くのは、もちろん経費的に電車移動は当然なのですが、地下鉄の照明は女性の肌に厳しくて、とくに窓に映る顔はプラス10歳ほど老け込んで見えることが知られています。玉恵はつい意識してしまい、窓ガラスに映り込まないよう、顔をふせていました。気付いたら、周りの乗客はおおかたマスクをしていて、顔の表情がわかりません。日本人は昔からマスク好きの民族でした。誰もが目立たないように、無難に生きようとしていますが、そんな電車の中でも声を荒らげたり感情をあらわにする高齢者世代との感覚のギャップを感じずにはいられません。ふと、電車のおじさんを思い出しました。

するると、クールな若者世代のはずの外山先輩が「あーっ！」と隣で声をあげたので、玉恵はビクッとしました。

「今日、先方に持っていく予定の書類を忘れた。どうしよう……。クラウドにあるデータをダウンロードするしかない。あの、すまないけど印刷会社の近くにスタバかタリーズかＷｉ－Ｆｉがあるカフェがないか検索してくれないかな？」

「は、はい。了解です！」

緊急事態を察知し、震える手でスマホを操る玉恵。自分のスマホで検索すればいいのにという思いも浮上しましたが……。

「すみません、押上《おしあげ》だとスカイツリーの中にはカフェがいくつかありますが、行こうとしている会社からはかなり距離があります。近くには……純喫茶がありますが、Ｗｉ－Ｆｉなさそうです」

「どうしよう、もう今月ギガを使い切って速度制限がかかってるんだよね」

外山先輩の契約が月何ギガか知りませんが、何にそんなに使っているのか気になります。玉恵はメールとＬＩＮＥと、ネット検索とニュースアプリくらいで、まだ通信容量が残っていました。

「良かったら、私のスマホでテザリングしてください。今までやったことないですが、つながるはずです」

「本当？　助かるよ」

駅を出て、ホームのベンチに座り、玉恵はネットで調べながらテザリングで外山先輩のスマホをつなげる手順を行いました。「インターネット共有」をオンにして、ついに先輩のスマホがネットにつながりました。

「これでダウンロードできる。ありがとう！」

「お役に立ててよかったです」

嬉しそうな先輩の横顔をチラ見しながら、玉恵は自分の通信データと先輩のデータが空中で混ざり合っているのを想像しました。別々に飛び交っているお互いのデータが、テザリングによって一体化し、文字列が絡み合い、混ざり合って流れていきます。目には見えないけれど、どこか官能的なものを感じました。同じＷｉ‐Ｆｉにつないだり、テザリングでつながったりするのは、コップや缶ジュースを共有する間接キスまではいきませんが、デジタル的に関係が少し進んだ感があります。玉恵は軽く目を閉じ、流れていくデータの川の奔流に身を任せました。運命の赤い糸ならぬ、運命の無線の糸です。

「ここまできたら充電もどうですか？　まだ使っていないのでたくさんチャージできますよ」と玉恵はバッテリーを差し出しました。

「ありがたく使わせてもらうよ」と、素直に受け取った外山先輩のスマホに、玉恵のライトニングケーブルがカチッと差し込まれました。スマホを餌付けしているようで、また玉恵の妄想が広がりました。

データがつながったおかげで、印刷会社のスタッフにデータを転送でき、打ち合わせも順調に終わりました。罫線の幅について熱く語る外山先輩。さきほどの焦燥を全く感じさせません。現代人が安心し、精神を安定させることができるのは、電源と通信が確保された状況にいるときです。でもそれはデジタルに依存している世代ならではで、シニアの方々はネットがつながらなくても落ち着いていられるのかもしれません。あのおじさんは、ときどきスマホをチェックしていたけれど、若い世代のように頻繁に見ている感じではなかったことを、玉恵は思い出しました。おじさんは何に依存しているのでしょう。家で盆栽を育てたり、植物画を描いたりしているのでしょうか。よく庭園や植物園で見かけるおじさんのように、花弁ばかり一眼レフで撮っていたり……？

打ち合わせ中ですが外山先輩がひとりで喋《しゃべ》りまくっている間、玉恵はおじさんの姿を想像しました。すると、じわじわと、その隣におばさんが浮かんできました。お寺で見かけた、大人しそうなおばさんです。心のどこかで、勝手に独り身だと決めつけていた電車のおじさんの傍らに、自然に寄り添っていたおばさん（推定60代）。どこにでもいそうな地味なマダムですが、だからこそ一緒にいて安心できそうです。目撃したときの感情は、嫉妬というより羨望に近かったかもしれません。恋愛に奥手というか、リアルな恋愛が苦手な玉恵は、心のどこかにずっと自分が独身で生きていきそうな予感がありました。だから、ひとり淋しく惣菜を買ったりファミレスで食事している、電車のおじさんに親近感を抱いていたのです。でも、おばさんがいるとなったら話は別です。実際は、下町の一軒家でつましくも幸せに暮らしているのかもしれません。息子や孫もいたりして……。普通にリア充だったのかもしれません。おじさんがキレやすくて、おばさんは苦労している気がしますが、連れ添う相手がいるのは羨ましいです。となると、アパートに入っていったのはどういうことでしょう。もしかして、奥さんには言えないことをするような部屋……？　最近ドラッグで逮捕された有名人も、別に部屋を借りていたといわれています。あのおじさんが何年生まれなのかわかりませんが、昭和前半生まれの人の間で、ヒロポンと呼ばれる覚醒剤が流行していたと聞いたことがあります。玉恵は、おじさんの心の闇に思いを馳せました。他人の幸せよりも、他人の闇に注目してしまうのが、幸せから遠ざかってしまう要因かもしれないと思いつつ……。

帰りの電車は先輩と二人、お互い無言でスマホを眺めていました。外山先輩は、またしてもテザリングで電波を借りています。万一混線して、こちらの通信状況がバレてしまったらどうしようと思いながらも、玉恵はこっそり「ドラッグ　キレやすい」で検索。「快楽物質が切れることで精神的に不安定になる」という記述を目にしました。薬物調査も行っている探偵社のサイトには、「薬物使用者の特徴」として「突然キレる」「奇声をあげる」「感情の起伏が激しい」「挙動不審」「目の下にクマがある」「汗が臭い」「テンションが異常に高い」などとありました。突然キレて大声を上げた、というのはちょっとあやしいです。「目の下のクマ」は、単なる加齢現象なのか不明ですが、くっきり存在していました。そして「挙動不審」は、突然飴をくれたりしたことがありました。玉恵の中でダークな想像が広がって、変な汗が出てきました。そしてくらくらして、思わず外山先輩に寄りかかってしまいました。

「大丈夫?」「すみません、ちょっと電車の揺れが……」

プラトニックラブ的には盛り上がるシーンかもしれませんが、玉恵は混乱していて、それどころではありませんでした。しかも、体が接近したときに、スマホで外山先輩が下世話なまとめサイトを熟読しているのが見えてしまいました。「ロシアの女子高生がセクシーすぎる件」という記事を熱心に眺めていて、内心、人の電波を使って何見てるのかと突っ込みたい衝動にかられました。人のことは言えませんが、外山先輩は情報中毒……? ドラッグを小分けするのもパケだし、データもパケットで似ています。誰も彼も何かに依存している世の中です。

通りすがりのおじさんに踏まれて靴が脱げた玉恵
すみません
さらに靴をはくところをずっと見守られるという
……辱めはどこに潜んでいるかわかりません

11

朝からついていないときってありますよね。些細《ささい》なことですが、朝食に食べたプチトマトが、はじけて中身が出てしまい、白いブラウスに飛び散って、玉恵は朝から取り返しのつかない思いにかられました。寝起きだと、些細なことでも危機感を覚えるのはどうしてなのでしょう。

混んでいる電車から駅のホームに降り立って2、3歩進んだ瞬間、知らないおじさんに靴のかかとを踏まれて靴が脱げました。そういえば先週も同じようなことがあったっけ……と玉恵は苛立ちとともに思い出しました。そのときのおじさんは何事もなかったように歩き去って腹立たしかったのですが、今度のおじさんは違いました。

「すみません！」と頭を下げると、そのままの姿勢で、玉恵が靴を履き終えるまでじっと見守っていたのです。謝意は十分に伝わりましたが、はたしてそれだけでしょうか。

玉恵はフラットなパンプスで、フットカバーを履いていて、それが緩かったので一緒に脱げてしまったのですが、そのおじさんは玉恵の裸足《はだし》をじっと眺めているように見えました。

慇懃に見えて実はプチ変態なのでしょうか……。こんな辱めがあるとは。プレイは靴を踏むところから始まっていたのです。踏んで軽く睨まれて興奮し、さらに足を見て高揚するという、何重ものプレイなのかもしれません。しかしこんなことを警察に訴えても、ただ足を踏んで丁寧に謝ってくれたおじさん、にしか見えないのでずるいです。まだ、例の電車のおじさんのように、押した押されたでひと悶着《もんちゃく》があって声を荒らげられる、というほうがわかりやすいです。先ほどの、謝りながらもどこか紅潮していたおじさんを思い出し、玉恵は軽く身震いしました。

玉恵のようにプラトニックラブが好きな若い女性がいる反面、世のおじさんたちは妄想力が発展してプチ変態化していくのかもしれません。玉恵が怖いもの見たさでたまにチェックしているのは、不審者情報のサイト。毎日毎日、女性や子どもに声をかける不審者の台詞《せりふ》が集められています。一ヶ月でも膨大な量になるくらい。「公衆電話ボックスに一緒に入ってほしい」と帰宅途中の女性に声をかけた男性、「1000円でくしゃみをしてほしい」と男子生徒に声をかけた事案、「コンタクトを落とした。あなたの靴の中に入ったかもしれない。靴を脱いでください」と女子生徒に声をかけた男性は、玉恵の先ほどのシチュエーションと似ているようです。玉恵はつい、「靴を脱がせる　変態」で検索。すると「靴屋の店員ですが、夏の女性客の接客が楽しみでたまらない」という投稿文が目に入り、それ以上読めずに閉じました。日本は変態ガラパゴス大国なのでしょうか……？

最近も、ゴム長靴を大量に盗んでいた50代の男性が逮捕された、というニュースが報じられたばかりでした。271足もの長靴が押収され、その容疑者は「働く大人が履いた長靴の臭いがかぎたくて盗んだ」と供述しているそうでした。働く作業員へのリスペクト……？ そんな歪んだ尊敬などいらないです。臭いがなくなったら捨てたそうです。ルームディフューザーが使い古しの長靴とは……。テレビで顔が一瞬出ていましたが、一見顔立ちが整っていても醸し出すキモさは隠せません。

玉恵は内心、男性をキモい／キモくないで振り分けるところがありました。前から疑問だったのは、変態事件で逮捕される男性は皆、キモい系ですが、もともとキモいから変態になるしかなかったのか、それとも変態行為でキモさが磨かれたのか、どちらなのでしょう？ どうでもいいことかもしれませんがニワトリが先か卵が先か的な命題です。あのおじさんは、電車で怒鳴ってきたけれど、不思議とキモさは感じなかったです。そこら辺の差はどこから生まれるのでしょうか。中高生の頃、女生徒に嫌われる男性教師というのは、たいていキモさが漂っていて、それは自意識だったり下心だったり優越感だったり、いろいろなものが混じり合ってほのかに匂い立つのを、多感な思春期の女子たちが、敏感に察知しているようでした。大人になるにつれ、その鋭いセンサーは、鈍くなっていってしまうのでしょうか。例えば男性の権力とかお金とかに目がくらんで、キモさに気付きにくくなったり。もしくは成功者のオーラとキモさが混じると一種のフェロモンになるとか？　玉恵の周りにはそんな成功者はいないのでまだ実感できません。20代後半になってもどこか潔癖な部分がある玉恵は、キモさに対して鈍感にならないようにしたいと思っていました。ちょっと前に施術してもらった、骨盤矯正マッサージの男性スタッフも若干キモさが漂っていました。「ストレッチってしたほうが良いですか？」と何の気なしに聞いたら、圧の強い口調で「もちろんです。ストレッチは体のパフォーマンスをアップさせるための効率的なアプローチです」と延々ストレッチトークが始まりました。矯正マッサージが痛くて、その内容は玉恵の頭には入ってこなかったのですが。上から目線とかプライドが変な風に煮詰まると、キモさとして発露するような気がします。

さて、玉恵が気になっている外山先輩は、どちらになるのでしょうか。出社して玉恵は、先輩の姿を確認すると、キモくなるかならないかの瀬戸際にいるように感じられました。先日の印刷会社との打ち合わせのあと、スマホで「ロシアの女子高生がセクシーすぎる件」というサイトを眺めていたのが気になりましたが、それは健康な男子の範《はん》疇《ちゅう》と、思って良いのか判断に迷います。

この日、玉恵はまた上司の用命で、外山先輩と一緒にデザイナーさんとの打ち合わせに行くことになりました。

「二人は最近よく一緒に外回りするよね」と、鈴木先輩が意味ありげな視線を送ってきます。その腕には、最近買ったのかローズクオーツの数珠のようなブレスレットが輝いていました。

外山先輩と脳内プラトニッククラブ中の玉恵は、また先輩の新しい一面が見られるかもしれないと思うと、楽しみでもある反面、一抹の不安もありました。心の中では、そろそろ潮時かなという思いもあったのです。玉恵は本気で好きにならないように、数週間以内に相手への気持ちをクールダウンさせる、という自分ルールを持っていました。恋愛にうつつを抜かしてエネルギーを必要以上に消耗したくないです。プラトニッククラブをしばらく楽しんだら、今度は相手の残念な部分を見つけていって、少しずつ心を離していくのが玉恵の流儀でした。早くも、そんな気配が表れてくる予感がします。先輩のシャツのポリエステル感も若干気になってきました。

デザイナーさんは表参道に事務所を構えていました。その事務所に向かう道中、外山先輩は、

「本当は、エイドリアン・オラブエナガに依頼したいんだよね〜」とつぶやきました。

「でも世界的なデザイナーだからムリだろうな。彼がデザインしたクレヨンを超えられるものはないと思う」

玉恵はこれから会うデザイナーさんが少し気の毒になってきました。そしてデザイナ

ーとの打ち合わせでは、外山先輩は丁寧に見えて上から目線っぽいのが気になりました。

「今度のノートはシンプルだけれど上質さが感じられるデザインにしていただきたいんです。横罫と方眼と無罫の三種類で。表紙くらいしかデザインを発揮できないかもしれませんが……」

「例えば木目調の表紙とか、石のアップとか雲の写真とかどうでしょう？」

「僕の中にもそういう風景がありました。やはりランドスケープを感じられるデザインが良いですよね。品質の高さがあってこそ、見せられる景色があると思います」

意識の高さを漂わせる外山先輩。玉恵は無言で、とりあえず記録係に徹しました。先輩の台詞も思わずメモ。

そして打ち合わせは終わり、頭良さそうな発言ができたことで外山先輩は満足げな表情でした。単純な男性です。二人が帰る途中、道に面したギャラリーがアメリカの現代アーティストの展示を開催していました。玉恵にとっては名前をどこかで聞いたことあるかも、程度ですが……。ふと、足をとめた先輩。

「あ、トム・サックスの展示やってるんだ」

「入りますか？」

はたから見るとギャラリーでデートしているカップルかもしれない、と玉恵はドキドキしながらギャラリーの中へ。一歩入った外山先輩は、

「あ〜こんな感じね」

と言い放ちました。何その、この程度か、みたいな台詞、と玉恵は感じたのですが、先ほどの打ち合わせで気が大きくなっているのかもしれません。アーティストが聞いたら怒りそうです。

そのアーティストは、現代アートにとどまらず、器だったり家具だったりインテリアのプロダクトもデザインしているので有名なようでした。ギャラリーには彼の仕事場を再現したようなコーナーがあって、棚や机が並んでおり、センスの良さが感じられました。文房具の企画にも生かせそうだと、玉恵はまじめに写真を撮りました。

「おしゃれですね。この人アメリカのどこ出身なんでしょう」

「さあ、きっと田舎じゃない？　それにしても予算がないのにがんばっているよね〜」

と、外山先輩。なぜ田舎出身、予算がないと決めつけるのかがわかりません。根拠は先輩の脳内です。玉恵はふと気になって、そっと出身地を検索。すると「NY出身」でNYに大きなスタジオを持っていて成功しているアーティストだとわかりました。外山先輩……。大都会NYを田舎呼ばわりできるとは、先輩はどこに住んでいるのでしょう？　東京タワーの中にでも住んでいるのでしょうか。玉恵は優しいので、先輩にはNY出身だったことは言わないでおきました。変にプライドを傷つけて、機嫌を損ねられても後々面倒くさいです。

そろそろプラトニッククラブは潮時なのでしょうか。でも、外山先輩のほうは玉恵と一緒に何度も出かけたことで、親近感を抱いて気を許してくれている感じがしてきました。ギャラリーを出たところにあるタピオカミルクティーの店を見つけて「飲む？」と玉恵に買ってくれようとしたり。後戻りできなくなる前に、フェイドアウトしたほうが良さそうです。

タピオカドリンクで腹痛……
お腹が……
大丈夫？
転んでもタダでは起きない玉恵はタピオカから仕事のアイディアを着想
タピオカ柄のノート、かわいいかも
苦しい時こそ仕事によって生きる力がわいてきます

12

「鉄観音ウーロン白桃ミルクティーで、Sサイズ、氷なし、タピオカはふつうの量でお願いします」

レジでよどみなくタピオカミルクティーを注文する玉恵。外山先輩は「じゃあここは僕が」と、すっとレジの前に入りました。「ごちそうさまです。外山先輩はいいんですか?」「タピオカミルクティーって女子向けっていうイメージがあるから。今、パッと注文してる姿を見て、若いなって思ったよ。さすが20代」「えー、そんな年とか関係ないですよ～。このフレーバー頼むのはじめてです」

先ほどギャラリーで外山先輩の上から発言が気になったけれど、ドリンクをおごってくれると良い人だと思えてくる玉恵は、現代のドリンク中心主義に染まっているようです。今は第三次タピオカブームらしく、台湾から進化系の店が次々進出してきています。玉恵は、内心タピオカ店よりも、文房具店や書店が増えてほしいと思っていましたが、やはりお店を目の前にすると誘惑からは逃れられません。女子たちは書を捨てて、片手にタピオカドリンクを持ち歩くようになってしまいました。そして時々、書物よりも物語を生み出すことがあります。

鉄観音ウーロン白桃ミルクティーを飲んでしばらくすると、玉恵の体調に異変が表れました。

（なんだろう、この動悸……）玉恵は胸の奥が脈打ちだすのを感じました。ドクンドクン、と鼓動の主張が強くなってきて、胸の奥がキュッとします。

（もしかして、これは恋の芽生え的な……？）玉恵はドキッとして、外山先輩のほうを見ました。おごって気が大きくなったのか、余裕のほほえみを浮かべている外山先輩が、ちょっと頼もしく思えてきました。

ますます強くなる脈動。それと共に冷や汗と下腹部に鋭い痛みが発生……。

「すみません、ちょっとお腹《なか》が……失礼します」

玉恵は駅のトイレに駆け込みました。この胸の不安感は、下痢の前兆現象だったかもしれません。迷走神経反射の症状だと聞いた記憶があります。激しい痛みに耐え、神に祈り、荒波がおさまるのを待つことしかできません。トイレで何度か波をくぐり抜け、玉恵はやっと歩き出せる力が復活してきました。

「お待たせしてすみません……」と急いで出たら、今度は外山先輩が壁にもたれて苦しそうにしているのでハッとしました。換気の悪いところで立ちっぱなしだったからでしょうか。

「ごめん、ちょっとカフェで座って休んでいい？」

ホームに行こうとしたのを戻って、駅の建物にある適当なカフェに入った二人。そのお店はタピオカドリンクがないからか、比較的空《す》いていました。

「お待たせしてしまいすみませんでした。ずっと立っていたから気分が悪くなられたんですよね」と玉恵がおそるおそる外山先輩を窺うと、

「いや、そういうわけじゃないんだよね」と先輩。

「さっき、気になったからネットで『タピオカ　腹痛』で検索したら、ニュースで中国の少女がタピオカドリンクを飲んだ後激しい腹痛に襲われ、病院に運び込まれたという話が載っててさ。そのCT画像の内臓がタピオカだらけで気持ち悪くて。毎日飲んでたらしい。しかも中国だから古タイヤ製のタピオカとかもあったらしく……。タピオカ、ムリだわ」

「それは私のせいで閲覧注意のニュースで具合悪くならせてしまってすみません……」

「気付いたんだけど、僕、集合体恐怖症かも。粒が密集してるものを見ると具合が悪くなるんだよね。そういえば昔からいちごのブツブツとか苦手だったし」

「そうだったんですね。タピオカなんてモロ、そうですよね。カエルの卵っぽいというか……」

「想像させないでくれる？」

「すみません……」

今、街にはタピオカドリンクの店ばかり増えていますが、その陰で、ドリンクに沈む大量のタピオカを見て人知れず気分が悪くなっている人々がいるのかもしれません。そのような人々の気持ちや、かき消されがちな声に意識を向けるのも大切です。しかし玉恵はいっぽうでタピオカに着想を得ていました。タピオカ柄の文房具があったら女子にウケるのではないかという……。外山先輩で実験しつつ、どのくらいの間隔の柄なら耐えられるか、微調整していきたいです。自分もタピオカでひどい目に遭いながらも、仕事の計画で自らを鼓舞した玉恵。お腹を下したのは、きっと鉄観音と白桃とタピオカの食べ合わせが悪かっただけです。

小一時間ほどの休憩のあと、玉恵と外山先輩が会社に戻ると、微妙な空気と視線を感じました。

「遅かったね、どこか寄っていたの？」と鈴木先輩が意味ありげに見てきます。

「私がちょっとお腹が痛くなってしまい、カフェで休憩していたんです。すみません」

「ふーん……」

小さな会社なので、何か少しでもあやしい気配があると、尾ひれがついてすぐに話が広まってしまいます。例えば、過去には山中係長がスナックのママと熱海に旅行したのが奥さんにバレて離婚しかけた噂《うわさ》とか。平穏な日常で、人々は社内のゴシップに飢えているのかもしれません。数日後、鈴木先輩に廊下の片隅で、そっとささやかれた噂が衝撃的でした。

「あの、言いにくいんだけどこの前の打ち合わせの後、外山先輩と何かあったの?」

「いえ、全然何もないというか、腹痛でカフェで休憩しただけですけど」

「でも会社では噂だよ。二人とも一時間くらい外出が長引いた上、髪や服が乱れて、ただごとではない雰囲気だったから、カフェじゃなく別のところで休憩していたんじゃないかって……あっ私が言ったんじゃないから」

「えっ、そんなことありえないです!」

「最近仲良かったように見えたけど……」

「ないですないです!」

「本当?」

いぶかしそうに見てくる鈴木先輩。その奇妙な笑顔に、女性特有のエグさを感じて玉恵はぞっとしました。噂を広めているのは鈴木先輩という説が濃厚です。もしかして鈴木先輩も外山先輩に少し気があったのではないでしょうか。ローズクオーツのアクセサリーで恋愛運を高めようとしていましたが……。

鈴木先輩は玉恵の逆詮索の視線に気付いたのかどうかわかりませんが、「外山先輩を狙うなんてさすが、やり手だね」と言ってきました。

「どういう意味ですか？」

「実は結構いい家の子息らしいよ。昔会社の飲み会で聞いたから。さかのぼれば藩主の家なんだって」

そんな何百年前の、あやふやな情報で自慢をするなんて、外山先輩はやはりキモい……と玉恵は思いました。

「私、全然狙ってないけどね」と、鈴木先輩は言いながらも、その首元には新たに投入されたピンクの石が光っていました。

「とにかく、いろいろ教えてくださってありがとうございました。これから気を付けます」と玉恵は丁重に言って、その場を離れました。

本当は、はっきりこう言いたかったのです。

「私が外山先輩をちょっと良いかもと思ったのは気の迷いでした。恋心と錯覚したのは、下痢の前兆現象でした」と。しかし、そこまで打ち明けられるほど、鈴木先輩とはフレンドリーな関係ではありませんでした。

会社では、女を敵に回すと仕事がしづらくなるというのが定説です。これまで適度な距離感を保っていた鈴木先輩との関係。5歳の年齢差があり、キャリアも長い鈴木先輩は、玉恵に対して敵対心など持っていないと思っていました。しかし鈴木先輩の「夢引き寄せノート」の売上げ不振などもあり、自信がなくなってきたところ、若い後輩が社内で血筋の良いらしい同僚と交流を深めていて、おもしろくないと思うようになったのかもしれません。

あっ、その前に二週間前の会話が、良好な関係に影を落としてしまったのかもしれない、と玉恵は思い当たりました。ある日、会社帰りの玉恵が銀座でファストファッションの店をちらっと見た後、グッチのウィンドウを眺めていたら、素材感の差が明白でした。ファストファッションの刺繍《ししゅう》入りブラウスが一瞬かわいく見えたのですが、グッチの花柄ワンピースを見たあとでは、安っぽく、布の感じもごわごわしているように感じられました。とにかくクオリティや生地の密度など、雲泥の差だったのです。素材をチェックするのが好きな玉恵はしばらくその差について考えました。グッチがお姫様が着る服だとしたら、そのファストファッションブランドは、お手伝いさんの服だな、と感じました。安いブランドをずっと着ていたら、人生もそのレベルになってしまう、と玉恵は思いました。翌日、自分の発見を人に言いたくなって、鈴木先輩にその話をちらっとしたのです。すると、鈴木先輩がそのファストファッションブランドを着ていたことが判明。

「お手伝いさんの服か……」と、気まずい空気が漂いました。

「でも、全部が全部そのブランドではないですよね。先輩おしゃれだし高い服も結構着てらっしゃいますよね」

「いや、ほぼファストファッションだし」

「先週のあの花柄のブラウスとか素敵でした」

「あれ、ZARAだし」

「そうですか……」

あの瞬間、表向きは平穏な関係に少しヒビが入ってしまったのかもしれません。玉恵は、なんとかしなければと思いました。プラトニックラブなど即終了して、外山先輩なんて全然、鈴木先輩に譲ります。藩主のDNAもどうでも良いです。

しかし事態を複雑にするような展開が。噂がたったことによって、外山先輩が玉恵のことを意識しはじめたような気配です。集合体恐怖症で不安でドキドキした感覚を、外山先輩のほうは恋心と勘違いしてしまったのでしょうか。男性はだまされやすくてときどきロマンチストです。しかし現実的な女性である玉恵は、一瞬の恋心はすぐに腹痛と関連した迷走神経によるものだと察知しました。ここに男女の差があります。それにしてもタピオカで恋心を錯覚するのは、吊り橋のドキドキ感を恋愛感情と思い込む現象に続いて、今後、注目すべきかもしれません。それはタピオカ現象と呼ばれるのでしょうか……。

相手との適度な距離感を保ち、ときめき
に浸るプラトニックラブ
紀元前ギリシャの哲学者
プラトンからきている言葉です
プラトンの顔を見ると恋愛感情
がクールダウンする効果が……

13

人生のほころびの予兆の一つは、スマホの保護フィルムがはがれることかもしれない……玉恵はめくれあがったフィルムに目をとめて、不穏なものを感じました。ちょうど通勤電車の中で、ポリエステルのシャツの下に白いTシャツが透けて見えているサラリーマンを見て、内心ダサいと見下していましたが、スマホのシートがはがれかけて、ホコリを吸着しているほうが人としてまずい気がします。家電ショップに行くひまがないので電車内でAmazonで注文。便利な世の中になりましたが、三日前にもこうして電車内でパンプスを購入してしまったことを思い出し、購入履歴のページが怖くて見られません。今、ニュースで老後はひとり2000万～3000万円必要だとかいわれています。このままだと貯《た》まる気がしないです。ふと、玉恵の頭をよぎったのは、電車のおじさんのことでした。おじさんは今は定年退職していると思われますが、収入はどうなっているのでしょう。すすけたアパートに入っていく姿を見たことがあるので少し心配です。お寺に一緒にいた、奥さんかもしれない女性と、爪に灯をともすような生活をしているのかもしれません。ただおじさんの服は麻素材かもしれなかったり、高級な飴を持っていたりして、家賃を節約するかわりに意外と貯め込んでいる、という説もありますが……。結局、私たちの世代よりも年金は多くもらえているだろうから、そこまで心配しなくても良いのかもしれません。

余計なお世話ながら勝手に人の経済状況を想像しつつ、出社した玉恵。フロアで鈴木先輩と外山先輩が笑顔で何か会話している姿が見えました。そのとき、ちょっと複雑な思いがよぎりました。まだ、ちょっと好意が残っているのでしょうか。鈴木先輩が、視線に若干の優越感を交えながらこちらを見てきます。

「さっきちょっと話したんだけど、外山先輩が昨日から体調悪そうだったから、おすすめのハーブティーのティーバッグをあげたら喜んでくれた」

「そうですか、さすがヒーリング系にお詳しいですね、鈴木先輩」

会社では、女を敵に回すと生きづらくなってしまいます。外山先輩のことはさておいて、玉恵は鈴木先輩との関係修復につとめなければ、と思いました。

「先輩がお好きだというファストファッションの、さらに安いバージョンのブランドがあるのを最近知って、結構かわいい服が多いですね。ハマりそうです」

「ふーん」

「さらに安い」をもっと別の言い方にすれば良かったと内心後悔。こんなとき、コミュ力が高い友人の茜のようにそつなくできたらと思います。

「少しでも節約したくて。全然貯金ないから老後が心配で……」

「外山先輩は実家が裕福だから心配なさそうだよね」と、意味深な表情の鈴木先輩。

「小学校から私立なんでしょ、お坊ちゃんだよね」

外山先輩を蔑めたいのか、それとも遠ざけたいのか、女心はわかりません。そうやって良いところを吹聴《ふいちょう》されると、また先輩のことが気になってきます。

でも、表沙汰にせず、完全にプラトニック状態をキープすれば全て問題ありません。ささやかな趣味として……。仕事のモチベーションも上がります。玉恵はタピオカ柄ふうのドットの水玉の文具の企画を課長に提案したら、結構高評価をもらいました。ただ、おじさん世代に良いねと言われた時点で、こういう旬のブームは終焉《しゅうえん》していく予感も。早すぎたら企画を認めてもらえないし、タイミングが難しいところです。玉恵は「タピオカ　次　ブーム」で検索してみたら、「仙草ゼリー入り台湾茶」「チーズクリームティー」という商品が出てきました。黄色っぽい文具でチーズを表現？　ますます文房具にしづらいです……。

悩んでいた玉恵の机に外山先輩が近付いてきました。背中が丸まっていたので、つい姿勢を正し、先輩に笑顔を向けました。

「先日はすみませんでした。体調、大丈夫でしたか？」

「こちらこそ迷惑かけてごめん。小学校のとき、ウニの化石を見て気持ち悪くなったことを思い出したよ」

「先輩、お坊ちゃんだから体弱かったんですね」

玉恵の言葉に、外山先輩は否定するでもなく、優雅なほほえみを浮かべていました。

大学時代、御曹司のクラスメイトがいたけれど、彼もお金持ちネタで突っ込まれるとどこか余裕の笑みを浮かべていたことを思い出しました。

「この前、終活手帖のおもしろいアイディアを出していたよね。僕も体が虚弱体質だからよく死について考えていたなーって思って、ちょっと前に書店で『死因百科』って本を見つけて買ってみたんだけど」

そう言うと、外山先輩は分厚い本を差し出してきました。

「えっ何、死因ですか？」

突然のことで戸惑いながら玉恵はページをパラパラめくります。

「スカイダイビングで亡くなった人が30人いて、3人がワニに食われて死んで、1920年代にトースターで感電して亡くなった人は3213人、キスの唾液で伝染性単核球症で亡くなる若者、毒グモがスープに入っていて、それを飲んで死亡……すごいですね。変わった死因を集めた本ですか？」

外山先輩は嬉しそうにこっちを見ています。

「何かの参考になるかなと思って。しばらく貸すよ」

「あ、ありがとうございます……」

玉恵は本を眺めて、たしかにおもしろいけれど、何か違和感を覚えていました。何でしょう、この心の奥に息づく切ない感じ。鈴木先輩がまたジェラシーを漂わせてこちらをチラ見してきます。玉恵は鈴木先輩のそばに行き、取り繕うように「外山先輩が死についての本、貸してくださったんですが……どう受け止めて良いかわからなくて。なんか怖いです」と、嬉しさより困惑していることをアピール。でも、それは本音でもありました。

まず、玉恵が大事にしているのはプラトニッククラブの距離感です。手が届きそうで届かない、絶妙な距離。0・5秒視線を合わせる分には良いけれど3秒以上はNGとか、体に触れてはいけないし間接キスもできれば避ける、と玉恵なりに心の中でなんとなく決めごとがありました。それは本当に好きになってしまうのを防ぐためでもありますが、恋愛にハマらず、客観性を保っていたいのです。プラトニックの醍醐《だいご》味《み》の一つは俯瞰《ふかん》して自分と相手を眺められることです。実際に恋愛感情に至ったら、タピオカどころではなく食事も喉を通らないだろうし、返信がなかなか来ないとかでいちいち悩んで心の余裕がなくなってしまう。でも距離を保っていれば、ナナメ上から自分と相手のドラマを他人事《ひとごと》のように鑑賞することができます。Wi-Fiの電波を貸して、相手と自分のデータが混ざり合う、とか勝手に妄想を膨らませるのが楽しいのです。ありがちな男女のように、相手の出方をうかがいつつ、手をつないで、いいムードになってキスをして、部屋に行って暗くなって押し倒される、そして体液まみれ……そんな陳腐すぎる展開には陥らないようにしたいものです。しかし男性の側は、ちょっとでも脈があると思うと距離を縮めてこようとするので困ります。そう、玉恵の心の中の違和感は、外山先輩のほうから距離を詰めてきた、ということに起因しているのです。一定の距離感を守っていたいのに……。

(それも死因なんて……こっちが興味がある分野で来てほしくなかった)

勝手かもしれませんが、そう思わずにはいられません。プラトニックの相手には、どこか遠い、超然とした存在でいてほしいです。できれば玉恵が全然知らない、ヨーロッパのサッカーチームの話などしてほしかった……。とにかくタピオカとか死因とか、こっちに寄せてこないでいいから、という気持ちでいっぱいです。外山先輩はインテリで知ったかぶりしがちなので、そのうち玉恵の好きなジャンルのカルチャーに関しても訳知り顔で解説してくる予感がして、ぞっとします。そしてこっちもそれに対抗して知識マウンティング、という事態になったら収拾がつきません。

今、せっかくのプラトニックラブが台無しになりつつありますが、どうやって立て直したら良いのか、玉恵には考えが浮かばず、とりあえず放置モードでいこうと思いました。その間、相手の思いが募ってしまう、という危険もありますが……。冷静さを取り戻すため、玉恵は電車のおじさんに思いを馳せました。おじさんこそ、プラトニックラブ未満というか、恋愛にならず、冷静さを保って交流できる相手です。プラトニックラブの可能性があるとしたら、年齢的に相手が10年くらいしたら天に召されるかもしれないという切なさで盛り上がる感じでしょうか……。また、あのおじさんと話してみたい、玉恵がそう念じていたら、日曜日、意外な場所で遭遇しました。ちょうど区議会議員の選挙の時期で、投票所に行ったら電車のおじさんも投票所にいたのです。そして知り合いらしいおじさんと話していました。

「今の事務局長は全然頼りにならないから、また復帰してほしいですよ」

「いや、山田《やまだ》くんもがんばっているんじゃない」

そんな会話が聞こえてきました。ただ投票に来ただけではなく、地元の要人感を漂わせています。事務局長？　選挙事務所の偉い人っていうこと？　玉恵の中に？マークが飛び交いました。そういえば、前に話したときも、社会について何か怒ってる感じだったし、もともとは政治に関わっていた方なのかも？　そう思うとおじさんへの興味が俄《が》然《ぜん》高まってきます。もう一人のおじさんが離れていったタイミングで、玉恵は電車のおじさんに「どうも」と声をかけました。昔のテリトリーにいるからか、おじさんは余裕を漂わせていて立派に見えました。

「あ、久しぶり」と見せた歯が整っていて、ちゃんとした紳士なのかもしれないと思えます。シャツの素材もリネンのようで高級感があります。

「どう、近くでちょっとお茶でも」「はい、少しなら……」

そして玉恵は誘われるままにおじさんについて行き、近くの渋い喫茶店へ。もし、おじさんに、今度出馬しないかとスカウトされたらどうしよう、と早くも妄想が広がっていきます。

おじさんに息子がいることが判明
息子さんイケメンかな…？
顔写真の年齢を変えられるアプリでこっそりおじさんの顔を若返らせてみました
メガネのデザインが全てを支配していて、ルックスが判断できませんでした…

14

投票所はおじさんのテリトリーだったのでしょうか。玉恵を喫茶店に誘う姿は、自信を漂わせているように見えました。おしゃれなカフェではなく、駅前の渋い喫茶店に連れて行かれ、主導権はすっかりおじさんにあるようです。

「あの、選挙はよく行かれるんですか?」

玉恵は何から聞いていいかわからず、まぬけな質問をしてしまいましたが、おじさんは、当然というようにうなずきました。

「5年前に、知り合いにちょっと頼まれて事務局長をやってたんだよ。ちょうど定年でやることがなかったから引き受けたけれど、もう大変だったね。政治の世界は、本当に厳しかった」

「事務局長……すごいですね」

「候補者の怪文書が飛び交ったり、ポスターに落書きされるなんてしょっちゅうだよ。人間が信じられなくなった。でも、悪いことをしているほうは絶対うまくいかないね。神様はいると思ったよ」

「なりふりかまわず相手を蹴落とそうとするんですね」

「黒じゃなくてグレーなら良い、っていう考え方がまかり通ってるから。今回の候補者の不倫疑惑が急に出てきたのも、相手側がリークしてるんだろう。ネットで広めようとしてるけど、高齢者はそんなの見ないからあまり影響ないみたいだね」

そんな知らない人のゴシップがあったなんて玉恵ははじめて知りました。ろくに候補者のことを知らず、今回もポスターの第一印象で決めてしまったというのが本音です。

「それでも議員になったら権力や収入が得られるから、皆必死なんでしょうね」

「選挙期間中は朝からずっと怒ってるか謝ってるかだよ。もうキツくてやめたけどね」

「そんななんですか……お疲れさまです」

政治に明るくない玉恵は、あたりさわりのないことしか言えませんでした。あのとき、おじさんが電車の中で激昂《げきこう》したのは、年齢とともに前頭葉の働きが低下して感情がコントロールできなくなっているから、なんて思っていたのですが、もしかしたら政治や選挙によるストレスで怒りっぽくなっていたのかもしれないと思いました。

しかしおじさんはそこからスイッチが入ったのか、政治トークから始まり、学生時代の安保闘争の話までしだして、玉恵はあくびを嚙《か》みころしながら涙目で相づちを打ち続けました。

「学生運動の三種の神器はゲバ棒と、防じんマスク、それからヘルメット」

「攻撃的ですね……ヘルメットとマスクは今も使えそうですけど」

なぜおじさんは武勇伝を話し出すと止まらないのでしょうか。おそらくかなり盛っています。玉恵の会社の上司のおじさんも、宴会などで、昔下町の祭で暴力団員に刺青《いれずみ》を見せてもらった自慢を繰り広げたりして、今のご時勢に大丈夫なのかと心配になることがあります。

そして今、目の前のおじさんは、いつの間にか日本の話から世界の話まで広げてグローバルな批判を展開していました。

「今、イギリスにもトランプみたいなのが出てきただろう。ボブだかジョンだかいう」

「ボリス・ジョンソン首相でしょうか」

「そう、そのボリスとトランプ、二人ともやたら攻撃的で似た者同士で、金正恩《キムジョンウン》もそこに絡んだら世界が大変なことになる予感がある。全員の共通点は、体格が大きいのと、何よりヘアスタイルがおかしいこと。お互い通じ合うものがあって同盟でも組まれたら、もう地球人類は終わりだろう」

「たしかに、変な髪型同盟ですね」

冗談かと思いましたが、おじさんの目は本気のようでした。かすかに恐怖を感じた玉恵は話題をそらそうとして、

「そういえばちょっと前に無理矢理ノート渡してしまってすみませんでした」

「ああ、あの夢を引き寄せるというノートね。ピンピンころりと書いて、そのままになってるよ。この年では夢もなくてね。世界平和とでも書いておくか」

そういえば、大分にあるぽっくり昇天するご利益《りやく》があるお地蔵さんに、前に誘われたことを玉恵は思い出し、変な話題を振ってしまったかと思いましたが、どうやらおじさんはすっかり忘れているようでした。

「良かったら、このスケッチブックも使ってください」

と、玉恵は会社のサンプル商品のスケッチブックをおじさんに渡しました。

「ありがとう。息子にでもやろうかな」

「えっ……息子さん、いらっしゃるんですか？」

最初は勝手に独居おじさんだと決めつけていたのが、お寺で奥さんっぽい地味なおばさんと一緒にいるのを目撃し、今度は息子さんの存在まで判明。ちょっと裏切られたようです。おじさんは実はリア充だったなんてズルい、と心の中で玉恵はぼやきました。

顔にはそんな思いは出さずに……。

「息子にはかわいそうなことをしてな、選挙事務所の仕事をしているときに、定職に就かない息子が心配で強引に立候補させようとしたら、殻に閉じこもってしまって……。あいつは絵が描きたいみたいだから、たまに画材を持っていくんだよ」

「画家なんですか」

「絵描きを目指しているんだけど、なかなか芽が出なくて。いい年していつまで夢見てるんだろうな」

玉恵の中で、いくつかの点がつながりました。前に、夢を持つことについて否定的な意見を言っていたのは、夢に囚《とら》われている息子さんのことがあったからでしょうか。そしてすすけたアパートに入っていく姿を見かけましたが、息子さんの部屋だったのかもしれません。

「息子さん、おいくつなんですか」

「もう30過ぎだよ。30までは夢を追って良いと言ってたんだけど、もうその年を越えてしまって……」と、おじさんは言葉を濁しながらため息をつきました。玉恵はつい息子さんの肩を持ちたくなりました。

「一昔前はバンドマンでも役者でも30歳までに芽が出なかったからあきらめるっていう風潮がありましたが、現代の感覚で言うと30歳はまだ全然若いですよ。若者の定義は40歳未満とも言われてます。30代で夢を追っても大丈夫です。何歳でもチャレンジしても良いんじゃないでしょうか。経済的になんとかなるのなら……」

「そうだなあ。仕事があれば……。そうだ、あなたの会社で作ってる文房具に息子の絵でも使ってくれたらありがたいんだけど」

「それは私の一存ではちょっと……」

「結構癒し系の良い絵を描くんだよ。風景画とか動物の絵とか」

「何か機会がありましたら検討させてください」

変な展開になってきて、曖昧なほほえみで言葉を濁す玉恵。でもおじさんの息子さんは、どんな人だか気になります。玉恵はお茶を飲みながらさり気なくおじさんを盗撮し、あとで若返りアプリのフィルターをかけてみようと思いました。おじさんは年相応に老けていますが、顔立ち自体は整っているので息子は意外とイケメンという説が。おじさんが怒りっぽいので逆に穏やかな性格かもしれません。年齢的にもいい感じです。いけない、つい邪心が……と、玉恵は心のもやもやを振り払い、仕事のリサーチモードに切り替えました。

「あの、若者の間ではタピオカミルクティーが流行っているのですが、シニア世代では何か流行っている飲み物はありますか？」

「発泡酒だね。ビールは高いから」

「…………」

若者向けにタピオカ柄のノートを企画しましたが、おじさん向けに発泡酒柄……ちょっと実現は無理そうです。

「玉露とかではないんですね」

「お茶も良いけど、やっぱり風呂上がりには発泡酒だね」

一時は事務局長だったそうですが、やはり下町のおじさんでした。田園調布のおじさんや松濤《しょうとう》のおじさんだったら「手摘み新茶」とか「ピノ・ノワール」とかもっと違う答えが出てくるかもしれません。でも、このお茶代に関しては支払いをさり気なくしてくれるところに、おじさんの矜持《きょうじ》を感じました。

「ごちそうさまでした」と玉恵は店を出て、今日はショックな情報の量が多かったので、落ち着かない気持ちを喧噪《けんそう》の中に紛らわせたくて、ちょっと前にできた錦糸町《きんしちょう》のパルコに立ち寄りました。亀戸からは新宿などつい都心方面に出かけてしまいますが、実は駅ビルもいくつかあって充実している錦糸町。買い物には困らない感じです。パルコに入って1階のコスメショップを眺めていたら、若いカップルがやって来て、男性のほうが「ああ、ここは原宿に進出したけどうまくいかなかった店だね」と言っているのが聞こえて、急に購買欲がそがれた玉恵は店を出ました。軽くごはんでも食べようとフードコートに入ったら、丼の店で前に並んでいたおじさんが会計で手間取り、振り返って「29円！　29円！」と叫び出し、何事かと思いました。どうやらお金が足りず、奥さんを呼んでいたようです。ここでもおじさんはフリーダムでした。持ち込みの紙パックの麦茶を堂々と飲んでいるおじさんもいます。お皿ににんじんだけを残しているおじさんが目に留まり、玉恵は心の中で（子どもか！）と突っ込みました。フードコートでは、数少ない席を巡って、あふれたお客さんたちが熾烈《しれつ》な席取り合戦を繰り広げています。疲労感を覚えた玉恵は何も頼まず、フードコートを出ました。

文房具屋にでも行って癒されたいと思ったのですが、フロア表示を見たら、遠い6階にロフトがあり、混雑の中そこまで行く気力がありませんでした。入ってすぐの1階にはコスメやバッグ、フードがあり、文房具など後回しです。ちなみに玉恵の好きな新丸ビルと、上野のパルコは1階にステーショナリーの店が入っていました。錦糸町では人々は文房具にあまり関心を持っていないのかもしれません。玉恵は少し寂しい気持ちになりました。人のことは言えませんが、つい電源を探してしまうのが現代人の習性なので、もしかしたらコンセント柄の文房具があったら、世の人の購買欲に訴えられるかもしれない、と思いつきました。人々でごった返す錦糸町の街を歩きながら、玉恵は手帳を取り出し「コンセント柄」と書き留めました。きっと明日の朝にこの単語を見ても、心の中でボツにすることでしょう。今の時点では、素晴らしいアイディアのように思えていますが、だいぶ脳が疲れているのかもしれません。

外山先輩の鮮度がなくなってきた頃、新たなイケメンが登場
玉恵にとって現実は妄想の出がらしでしかありませんでした

15

心の奥に満たされないものがあるときは、意味なく洋服屋をはしごしてしまいます。玉恵は最近、帰宅する途中わざわざ新宿に遠回りして、駅ビルをあてどなくさまよいがちでした。LUMINEよりも最近はNEWoManがお気に入りで、セレクトショップを回っては素敵だと思う服を手に取って鏡の前で体に当ててみたり、店員さんの営業トークを聞いてやる気具合をチェックしたり。新しくて流行の服に軽く触れるだけでもエネルギーを吸収できる気がします。ちょっといいなと思ったベージュのフラットシューズは、サイズがありませんでした。店員さんは他の店舗に在庫があるかどうかも調べてくれず「こちらは今36しかご用意がございません」とのことでした。次の店では、ストライプのクールなトップスに惹《ひ》かれましたが、店員さんは「いらっしゃいませ～」と言っただけであとは放置でした。また別の店では、花柄のワイドパンツに心惹かれましたが、鏡の前で当てたりしていても店員さんはこちらに来てくれませんでした。あまり自分のセンスに自信がない玉恵としては、店員さんの一押ししてくれる言葉が欲しかったです。

（運命の1着はどこにあるんだろう……）と、玉恵は心の中でつぶやきました。運命の1着、服へのときめきを求めて、この場に来ているのかもしれません。日常の中の刺激を求めて……。恋に落ちるように服にひとめ惚《ぼ》れしたい、そんな思いを胸に秘めて、アフターファイブの玉恵はセレクトショップを渡り歩きます。これが運命かも、と思ったペイズリー柄のワンピースは値札を見たら5万8000円で、シルク製の高級品でした。自分に見合わない相手の場合はあきらめることにします。結局歩き回って無難なオフホワイトの7800円のトップスを購入。どんなボトムスにも合わせられるデザインです。運命の相手もこうやって、結局妥協して、安定している人に決めてしまうのかもしれない、と自分の未来図が見えました。ときめきは試着くらいにしておいたほうが良いのでしょうか。

でも、次の日会社に行ったら、妙に空気がざわざわしていて、鈴木先輩に聞いたら中途採用で入ってきたイケメンがいるとのこと。鈴木先輩はちょっと前まで玉恵と気まずい感じだったことも忘れて、色めき立っていました。

「営業部の奥野《おくの》さんっていう人で、ＩＴ系から来たらしいよ。デジタルに囲まれていることに違和感を覚えて、やはり現代人は手書きに回帰すべき、というポリシーなんだって。30歳くらいで田中圭《たなかけい》と綾野剛《あやのごう》を足して割ったみたいなルックスだから、あとで見てみて」

「そんな物好きな方がいるんですね」

しかしこの会社にイケメンが来るとは、かなりレアというか青天のへきれきです。若手の外山先輩は、フツメンの中のフツメンというルックス。他のおじさんの社員も、昔はかっこよかったんだろうなと思う人はいても、どこかバタくさくて古い顔立ちだったり、童顔おじさんだったり、太って「せんとくん」みたいなルックスになっていたり、身なりに構わない残念なおじさんだったりで、とにかくフツメンがひしめいている環境です。きっと花形の業種、それこそＩＴ系にはさわやかで有能そうなイケメンがたくさんいるのだろうと、別の世界のことのように考えていました。

その別世界からの訪問者、ＩＴ業界から来たタイムトラベラー的な社員の話題でもちきりになっていて、とくに女性社員の間の情報は早く、午後にはどうやら奥野さんには美人の婚約者がいるらしい、という個人情報まで伝わってきました。

「一瞬テンション上がったんだけどな……」とため息をつく鈴木先輩。「あ、でもまだ結婚してないなら問題ないのかな」

玉恵は鈴木先輩に、「婚約者さん美人だからなかなか難しいですよね」と言おうとして、鈴木先輩を貶《おと》すことになってしまいそうなので、言葉を呑《の》み込みました。

「まだその奥野さんって方見てないんですけど、今日は外回りされてるんでしょうか」

と、二人で噂話をしているのを、ちょっと離れたところから淋しそうに見ている外山先輩。次の日外山先輩は何か思うところがあったのか、髪をディップで少し立てていたのが、ささやかな闘志を感じさせました。

とにかくこの日は結局話題の社員の顔を拝めなかったので、玉恵は家に帰ってその人の名前で検索してみました。この日はおかげで服欲からは気がそれて、検索欲が高まってきたのです。奥野さんをフルネームで調べたら、業界人と会食する写真やミーティングする写真、何らかのレセプションの写真などがでてきました。広告代理店の男性と女性起業家との会食や、華やかなパーティなど、全く別次元の世界のようです。噂されているようにシュッとしたイケメンで、会社にはいないタイプです。

次の日楽しみに会社に行ったら、また鈴木先輩が新たな情報を仕入れてささやいてきました。

「奥野さんの営業テクニックって、すごいらしいよ。ターゲットと決めた取引先の相手に、観葉植物をプレゼントするんだって。それで、そのあともちょくちょく観葉植物の世話についてフォローの連絡を入れて、相手と親密な関係を築くんだって」

「観葉植物ですか……。私、すぐ枯らしてしまうんですよね」と、玉恵はこれまで自分を通り過ぎていった数々の植物たちを思い浮かべました。ここ半年以内にパキラやシェフレラなども次々と枯れてゆきました。この営業テクニックで相手が植物を枯らしてしまうタイプだったら気まずいです。それとも、そんな負のエネルギーをまとった相手とは関係を見直すのでしょうか……。

話題の奥野さんとは、会社のエントランスですれ違いました。颯爽《さっそう》と、やたら風を切って歩いていく若い男性が目に飛び込んできました。ミネラルウォーターを買いに行って戻ってきた玉恵は、彼の姿をみとめると軽く会釈しました。「お疲れ様です！」と、その男性はフレンドリーに挨拶すると、外に出ていきました。きっとこれから、この会社が右肩上がりになるような契約を取ってきてくれるに違いありません。期待と憧れの混じった目で、玉恵はしばらく後ろ姿を追いました。ルックス的には……結構ストライクかもしれません。思い返すと、玉恵は薄めでおしゃれな顔立ちが好きだったのです。外山先輩もジャンル的には薄めかもしれませんが、ただ地味という説も……。イケメンが来たときの女性の気持ちの変化はあからさまです。心変わりは一瞬で、それまでかっこよく見えていた人がたちまち色あせてしまいます。でも、男性側もさんざん女性を見た目や若さで差別しているのだから、お互い様では、と玉恵は思いました。

心の中では、また良いプラトニックラブのネタができたと、ワクワク感が高まります。急速に鮮度を失いつつある外山先輩は、もはや妄想の出がらしのよう。新たなファンタジーが脳内ではじまる予感です。もちろん実際には関係を発展させることはありません。プラトニックな妄想が、ノーリスクで安全な日常を守ってくれます。ただ今回ばかりは見た目が好みなので、平常心を保てるかはわかりません。妄想の中でもどこまで発展するかは未知数です（今まではせいぜいバックハグくらいまででした）。

玉恵はふと思い立って社内の在庫から、鈴木先輩の作った「夢引き寄せノート」を持ってきました。そして周りに誰もいないときを見計らって「奥野さんと仲良くなる」とこっそり書いてみました。そのときは半分ふざけているような気持ちでした。ティーンが好きなアイドルについてあれこれ妄想するような感じです。その邪心のなさがかえって良かったのでしょうか。潜在意識を通じて宇宙に引き寄せの念が通じたのか、意外に早く、奥野さんと接近する機会が訪れました。得意先から帰ってきた奥野さんが、最初に目に留まった若い女性社員である玉恵に「よかったら、これ」とおみやげを手渡してくれたのです。訪問先でもらったのだと思われますが、紙袋の中にはクッキーの袋が入っていました。好物のチョコチップクッキーというのも嬉しいですが、ガーリーな模様の紙袋が、玉恵の乙女心を摑みました。

「ありがとうございます！」と玉恵はボーッとしながらお礼を言うことしかできませんでした。鈴木先輩の鋭い視線を感じますが、こうやっておみやげをもらえたのは、夢引き寄せノートのおかげです。玉恵は鈴木先輩に感謝したい思いでした。そして、クッキーの袋を眺めているうちに、たまたまかもしれないけれど自分だけにくれたので、もしかして運命？　少女漫画だったら何か芽生えそう、と、玉恵は浮き立ちました。「好きかも」という気持ちがだんだん膨らんでいき、妄想のエネルギーをエサに気持ちが高まっていくのを感じます。最初は全然本気ではなく、イケメンが来たという珍しい状況に便乗し、想像の中の遊びのつもりだったのですが、ドラマティックなアクシデント（玉恵の中では）のおかげで、心の奥に着火したようです。服を見て回ることでときめきを代用していたくらいなので、心の中に恋愛願望があったのでしょう。

でも、今度はまた別の意味で服を探さないとなりません。玉恵はまた仕事の後に新宿に立ち寄り、いつも行っているセレクトショップではなく、ガーリー系のブランドに立ち寄りました。そしてレースがついた花柄の薄いピンクのトップスを見つけて、これだと思って購入。素材はレーヨンとポリエステルで、いつもは素材を気にする玉恵なのに、モテそうなデザインで即決してしまいました。自分が自分でないようです。値段は1万3800円。よく考えたら玉恵はつい先日も服を買ったばかりで、出費がかさんでいますが、仕事をがんばって残業して取り返したいと思いました。とはいえ、何か企画を考えようとして白いノートを前にしても、全然集中できないのでした。恋愛妄想はチョコチップクッキー以上に血糖値を乱高下させ、依存性があります。

ストーカー化しつつある外山先輩
先輩の咳が怖い…
グホッ
ゾクゾク
ビクッ
先輩がパソコンを打つ音が怖い……
カタカタ…
恐怖の目で見ると一挙一動が怖くてたまりません

16

駅を出るとあたりはすっかり暗くなっていて、若いカップルが壁にもたれて立っていました。ゆるふわ系のかわいい彼女がコンビニで買ったドリンクを手に持っていて、ストローから「チュルルル……」とかすかな音を立てて一口飲み、そのあと隣の彼に手渡していました。彼はポーッとした顔でストローに口をつけて飲んでいました。玉恵は、そんな間接キスの瞬間を目撃し、いちゃつきを見せられた苛立ちと羨ましさが心の奥で波風を立てるのを感じました。あの女子のドリンクを飲むときの音に女子力を感じます。今まで玉恵はそこまで気が回っていませんでした。これからは気をつけなければと思いました。外山先輩とタピオカドリンクの店に立ち寄ったときも、普通に「ズズー、ポゴポゴ」という音を立ててバキュームしていた記憶があります。あの音を聞いた時点で外山先輩は気分が悪くなってしまっていたのかもしれず、申し訳ないことをしました。でもそんな外山先輩への関心も急速に薄れつつある現状。颯爽と現れた中途採用社員のイケメンに、玉恵の心は引き寄せられつつありました。なぜか、営業先から帰って来たときに玉恵だけにチョコチップクッキーをくれた特別感。承認欲求が満たされ、えも言われぬ優越感が心の中に広がります。そうだ、奥野さんに何かお返しをしなければ、と玉恵は思い立ち、せんべい屋に立ち寄りました。甘いものが苦手なのかもしれないと思ったので、体に良さそうな野菜おかきを購入。この気遣いに気付いてくれるでしょうか。

翌日、昼休み時を見計らい、玉恵は外に出て行こうとする奥野さんに声をかけました。

「あの、すみません……。昨日はありがとうございました。クッキーおいしかったです。これ、つまらないものですが」

と、緊張しながら紙袋を差し出しました。

「ああ、ありがとう。お気遣いさせちゃったみたいで、すみません」と奥野さんはイケメン声でさわやかにお礼を言うと、笑顔で受け取ってくれました。この、人から何か物をもらうのに慣れた所作からにじみ出るモテフェロモンと、身長差に玉恵はときめきを覚えました。180センチはありそうです。鈴木先輩が見ているけれど、逆にコソコソしたくないし、これからも堂々とプラトニックな妄想を楽しみたいです。今日、はじめて眉マスカラをつけてみたのですが、潜在的に良い印象を与えられたら良いのですが……。玉恵は心を浮き立たせながら、ランチタイムに外に出て、コーヒーショップでBLTサンドを食べました。ふだんはあまりおいしくないコーヒーショップの食べ物が、今日は少しましに感じられます。新人らしい女性店員がドリンクの量を間違えて、コップからキャラメルラテがあふれて手がベタベタになりましたが、とくに苛立ちも起きませんでした。社内セレブ的な、素敵な人と接点を持てたことで舞い上がってしまった玉恵。それも食べ物という、口の中に入れるものを交換したというのにそこはかとないエロスを感じます。玉恵の片思いはプラトニックラブが基本ですが、奥野さんに対してはどうしても男性フェロモンを感じ、悶々としてしまいます。

若干火照りながら、社に戻った玉恵ですが、ふと不穏な予感がよぎりました。デスクを見ると、机に袋が置いてありました。一瞬、さっきあげたせんべいが戻ってきたのかと思ったのですが、そうではなく別のお店の袋でした。おそるおそる開けると、中にはチョコチップクッキーが。一瞬奥野さんがまたお菓子をくれて、延々と物々交換が続いていくのかもと妄想しかけ、顔を上げたら外山先輩と目が合いました。

「それ、阿佐谷で有名なケーキ屋さんのクッキーだから、よかったら食べて。チョコチップクッキー好きなんだよね」

「あ、はい……ありがとうございます」

戸惑いながらも外山先輩の真意を測りかねた玉恵。クッキーは好きなのでありがたくいただきましたが、奥野さんにいただいたものより歯にくっついてきます。人気の店だそうなので、良い材料を使っていて密度が高いのでしょうか。お茶でも入れようと玉恵が給湯室に行ったら、暗いスペースの中に佇《たたず》んでいる人影が。おもわず息を呑んだら、外山先輩でした。笑っているのに口角が下がっている奇妙な表情を浮かべて、玉恵に話しかけてきました。

「クッキー、どうだった？　気に入ってくれたら良いけど……」

「あ、ごちそうさまです。素材が凝縮していて高級な感じでした」

「よかった。また好きそうなお菓子を見つけたら買ってくるね」

「でも、そんな、申し訳ないのでいいです」

「別にお返しのせんべいとかいらないから」

「……………」

外山先輩は、奥野さんに煎餅を渡したのを知っていたのでしょうか。羨ましがりつつ、ねだっているようですが、以前ならそんな外山先輩がかわいいと思ったかもしれません。今の玉恵にとっては、ちょっと無理です。キモいかキモくないかの指針が、外山先輩についてはキモいのほうに固定されてしまったようでした。

男性は追うと逃げるけれど、逃げれば追ってくる、そんな習性を玉恵は実感することになりました。仕事中も時々視線を感じることがあり、観葉植物の陰に立っている外山先輩がこちらをじっと見つめていたりで、ゾクッとしました。外山先輩がトイレに行くときも、別の出入り口が近いのに、わざわざ玉恵の横を通って行ったり、エレベーターで遭遇する率も高くなりました。思い過ごしかもしれないけれど、つきまとわれている気がします。そしてチョコチップクッキーの次の日は、アッサムティーの茶葉入りクッキー、その次の日は抹茶クッキーと、バリエーションを変えつつも、クッキーのプレゼントがデスクに置かれていました。セレクションが妙におしゃれなのが怖いです。

鈴木先輩にも一度相談してみました。

「あの、外山先輩がしょっちゅうクッキーをくださって、どうしたら良いか……」

「でも、あなたが最初にお菓子を贈り合う習慣を始めたんじゃないの。奥野さんとお菓子を渡し合ったり。いいよね、若いとチヤホヤされて。まあ、私は糖質制限しているから食べられないけどね」

鈴木先輩には、どうやら自慢としか受け取ってもらえなかったようです。この、じわじわと恐怖の水位が上がっていく感覚をどう伝えれば良いのでしょう。社内ストーカー、といったら言い過ぎでしょうか。玉恵は仕事中、こっそりストーカー対策について検索してみました。対処法はバラバラで、はっきり断ったほうが良いという意見、完全無視したほうが良いという意見、放置したら危険という意見などがあり、どれを採用して良いかわかりません。

「新しいタピオカドリンクの店が神保町《じんぼうちょう》の方にできたらしいから、今度またぜひ。僕もそろそろ集合体恐怖症を克服できそうです」

「クッキーが見つからなかったので冷蔵庫にかわりのチーズケーキを入れておきました。お仕事の合間に疲れたら食べてください」

外山先輩から時々仕事と関係ないメールが届き、玉恵は動揺。餌付けじゃないんだから、とため息をつきました。最近は怖いので食べるのをやめて、持ち帰ったクッキーが部屋にたまっていくいっぽうです。ふと、電車のおじさんのことが頭をよぎり、おじさんならクッキーをもらってくれるんじゃないかという思いが芽生えたり。もしくはおじさんの息子さん、経済的に厳しいらしいのであげたら喜ばれるかもしれません。

玉恵にとって、「好き」の本命は奥野さん、「嫌い」の本命は外山先輩になっている現状ですが、心の中で二人が綱引きしていて、快と不快の間のゼロ地点で止まっているような感覚です。せっかくプラトニックラブの妄想に浸りたいのに、一気にストーカーじみてきた外山先輩への恐怖で、プラスマイナスゼロになってしまっています。奥野さんのさわやかな笑顔を思い出して一瞬ふわっとなって体が熱くなった次の瞬間、給湯室で待ち伏せしていた外山先輩のフリーズした笑顔を思い出し体温冷却という繰り返し。恋愛と恐怖をいったりきたりして、心の消耗度が激しいです。常に頭の中が騒々しくて、とても仕事に集中できません。

(夢引き寄せノートの反対で、「手放しノート」というのを作りたい。現代人はいろいろなものに執着しすぎだから、離れたいもの、卒業したいもののリストを書いていくノートがあれば……)

そんなことを玉恵はぼんやり考えていましたが、企画書を書く気力はありませんでした。もし外山先輩が手放しノートを使うことになったら、ぜひ自分の名前を書いてほしいです。そこで思い出したのが、先日外山先輩に「玉恵さん」と下の名前で呼ばれたこと。一瞬固まってしまいました。そんな親密な関係ではなかったはず。しかも周りの人にも誤解されるからやめてほしいです。プラスマイナスゼロと言いましたが、この件を入れるとマイナスかもしれません。この恐怖感を消すためには、もっと強力な妄想を……。奥野さんにバックハグをされるシーンでも思い描くしかありません。どんなシチュエーションが良いでしょうか。そうだ、会社の避難訓練がある日にしよう、と玉恵は目を閉じて妄想リアリティ、MRに没入。避難訓練でスプリンクラーをチェックしに屋上に上った奥野さんと私。そうしたらなぜか間違って鍵がかけられてしまい、屋上に二人で取り残されてしまいました。

「どうしよう、スマホ置いてきちゃった」

連絡がつかず、次第に日が暮れて寒くなってきました。

「大丈夫、寒くない?」「ちょっと寒いかもしれません」「上着持ってないからこれで……」と、ふわっとした感覚に包まれ、気付いたら奥野さんに後ろから抱きしめられていました。遠くのほうにスカイツリーが見えます。新色のオレンジにライトアップされて、紫色の夕方の空に浮かんで幻想的です。ずっとこのままで夜景を見つめていたい……。そんな妄想で寝落ちした玉恵。目が覚めたらなぜかテレビが付かないしスマホの電波も切れていました。彼女がいる男性相手に、ディープな妄想を繰り広げた天罰でしょうか。

ストーカー化した先輩を幻滅させるため、ゲップやオナラをする作戦を提案されましたが……
僕の前でこんなにリラックスしてくれるなんて…
ほぼ夫婦じゃん
ゲプ
逆に相手を喜ばせてしまう可能性もあって危険です

17

人間は辛いときのほうがクリエイティビティが発揮されるのでしょうか。玉恵が、ストーカーじみてきた外山先輩への恐怖から発案した「手放しノート」の企画は意外にも上司からの受けが良く、発売できそうな気配です。

「鈴木さんが作って売れ残っている『夢引き寄せノート』とのセット売りもできるかもしれないね」と、柳田課長。

「でもそうしたら、引き寄せていいのか手放していいのか、混乱しません？」

「欲しいものを全部引き寄せてから、いらないものを手放せばいいんだよ」

なぜかドヤ顔で語る課長。

「なんですか、その考え方は……」

「いや、ちょっと前に、資産家に代々伝わる教えについてのセミナーを受けてな。そこで資産家の講師が言っていたことだよ。資産家っていうのはとりあえずチャンスを全部つかんでから、あとでいらないものを捨てていくらしい……。その資産家はインドネシアに何代も続く宝石商の息子で、資産家だけに伝わる人生の真理があるんだって。彼いわく、全てのできごとは、三つの要素によって起こるんだけど、まず物理的原因、二つ目は現在の思考、三つ目は……」

何かに憑《つ》かれたように資産家の教えを語り出す柳田課長。彼のスーツはいつもヨレヨレで、教え以前に身だしなみを整えるのが先決だと玉恵は思いました。

「三つ目は無意識の領域で、ここが一番大事なんだけど、ドイツの技術でその無意識に働きかける波動のセラピーがあって……」

話し続ける課長の後ろのほうから何か瘴気《しょうき》のようなものを感じた玉恵。数メートル先、観葉植物のパキラの陰に外山先輩が立ってじっとこちらを見ていました。パキラで隠れて目が一つだけ見えているのが怖いです。玉恵がハッとしたのを見ると、外山先輩はデスクのほうに歩き去っていきました。それからしばらくしてメールが来て「玉恵ちゃんの手放したいものって一体何だろう?」と書かれていたので、さらにぞっとした玉恵。どうすればいいのかわかりません。

わからないといえば、奥野さんの気持ちです。お菓子を交換して仲良くなれた気がして、妄想の中ではバックハグにまで発展したのに……現実ではまるで何事もなかったかのように素っ気ないです。塩対応という感じです。クッキーには少し塩が入っていたほうがおいしいですが、気になる相手との関係に塩はいらないです。玉恵の心のどこかにも、彼女がいる人にはあまり近付いてはいけない、という心のストッパーがありました。

もしかしたら神様にも警告されている気がしていて、奥野さんのことを考えているとかなりの確率でスマホの電波が途切れてしまいます。「SIMカードが挿入されていません」という表示に焦り、玉恵は何度かスマホを振ったりしましたが、数時間後には気付いたらもとに戻っているのでした。縁をつないではいけない、と見えない存在に戒められているようです。

好意はむげにされ、先輩が徐々にストーカー化し、生き辛さが高まっていくようです。少しでも気持ちを晴らしたくて、友人の茜と久しぶりに会う約束をしました。東京ミッドタウン日比谷という磁場が良さそうなスポットで会うので、まとわりつく邪気も浄化できそうです。平日夜の日比谷には、仕事帰りの人々が行き交っていて、玉恵には女性は皆キャリアウーマンに見えます。カチッとしたファッションで、外国人の同僚と英語でトークしながらエスカレーターを上がっていく女性を、玉恵はまぶしく見上げました。こういうキラキラした人生もいいな、と思いつつ、小さい会社の人間関係で悩んでいる自分が小さく感じられてきます。卑屈になった玉恵は、3階の雑貨屋に入ろうとしたとき、出てくる女性客とぶつかりそうになりました。その一瞬の間で、相手からのかすかな苛立ちの波動が伝わってきました。柳田課長の波動トークを浴びて無意識下に洗脳されてしまったのかもしれませんが、いつも以上に波動に敏感になっていたようです。玉恵は、そんな些細な出来事でも哀しくなり、さっきの女性客のほうに駆け寄って「今、私のことを邪魔だと思ったでしょう！」と泣きながら問いつめたい衝動にかられました。心を落ち着けるために、店内のアロマオイルのテスターを手当たり次第かぎまくり、なんとか少し落ち着きを取り戻しました。

ミッドタウンのトイレの前の座れるところに、おじさんがひとりで座っているのが目に付きました。どこか放心したようなポーッと上気した顔で、ＯＬさんたちの姿を目で追っていました。女性が集まるところに引き寄せられてきたのでしょうか。若い女性がいるお店に行くお金もなく、こうやってアフターファイブのＯＬたちを観賞することで満足感を得ているのです。それも、トイレから出てきたばかりのところを狙うように。先輩のせいで男性に対する嫌悪感が高まっている玉恵は、そのおじさんを軽く睨みながら通りすぎました。玉恵は、ふと、電車のおじさんを思い出しました。あのおじさんもまだ女性に興味はあったりするのでしょうか。枯れていてほしい、と玉恵は思いました。安心なおじさんとそうでないおじさんを、瞬時に見分けられるようになりたいです。

1階のカフェで茜と会い、最初のうちは楽しく、コスメの話や海外ドラマの話などしていたのですが、ななめ前の若い男女の会話が聞こえてくると、玉恵は落ち着かない気持ちになりました。メガネの頭よさそうな男性が、同席の女性と大学受験の思い出について語っていたのですが、「なんで慶應《けいおう》受けなかったの?」とか上から目線で話す感じが、外山先輩を彷彿《ほうふつ》とさせます。「慶應って幼稚園からあるんでしょ」と地方出身らしい女子が無邪気に問いかけると、食い気味に「あ、幼稚舎って幼稚園じゃなくて小学校のことだから。よく間違えられるんだよね」と訂正していました。口角が片方鋭く上がっている笑顔は、常に自分のほうが頭が良いと思っているようです。そのあとも「カール・セーガンの本って読んだことある？　えっ、ないんだ」みたいに知識を見せつけていて、その男子がまるで外山先輩が送り込んだ分身のように思え、玉恵の表情はだんだん暗くなっていきました。

「どうしたの？　最近何かイヤなことあった？」と茜が心配そうに顔をのぞきこみます。

「実は、同じ会社の男性がストーカーっぽくなっちゃって……」

「えっ、それは大変。私も経験あるから何かアドバイスできることあるかも」

玉恵は今までの顛末《てんまつ》を説明し、とりあえずどうすれば粘着しないでもらえるか、茜に相談しました。

「そうだね、まず、相手を幻滅させる、という方法があるよね。例えばノーメイクでボサボサ頭で出社するとか。私の友人で、ストーカーの思いを断ち切りたくて、目の前でゲップとかオナラをしたり、鼻をほじったっていう子もいたよ」

「狭い会社なのでその姿を他の人に見られるのはちょっとリスクがあるかな……」

玉恵の心のどこかで、まだ奥野さんに女を捨てた自分の姿を見られたくない、という思いがありました。

「あと、知り合いで、かなりの変則技を使った子がいるんだけど、自分のほうから意味不明な頭がおかしい感じのメールを送ったりしていたら、相手が怯《おび》えて逆に寄り付かなくなったって」

「それ、効果ありそう」

玉恵は今朝の、柳田課長の波動の話をメモっておけばよかったと後悔しました。改めて聞いて、その内容を外山先輩に送り続ける、というのも良いかもしれません。しかしネットのストーカー対策のサイトに「ストーカーは相手からのどんな反応でも喜びます」と書かれていたのが気になります。

「ストーカーって相手が弱そうで自分の思い通りになると感じるからつきまとうわけで、強気なところを見せればいいかも。ファッションも豹柄《ひょうがら》とかにして、サングラスをかけて、強めな感じで」

「豹柄か、持ってないな……。ありがとう、さすが具体例がどんどん出てきて助かるよ」

ファッションに疎そうな外山先輩が、果たしてその変化に気付いてくれるかどうか……。玉恵はハッとしました。怖いとか気持ち悪いと思いながらも、プロファイリング的に、外山先輩のデータをかなり集めてしまっている自分に気付きました。性格や好みやファッションの傾向まで……。これはもう、ねじれた両思いといってもいい状態なの

ではないでしょうか。玉恵の嫌悪感と、先輩の好意が、ねじれて結びついてしまってい
ます。多分、玉恵が怖がったり嫌ったりする反応も、相手にとって報酬のようになって
しまっているのでしょう。恐怖の感情は、邪《よこしま》な思いを持つ者にエネルギーを与えてしま
います。これを断ち切るには、無になるしかない、と玉恵は気付きました。恐怖や嫌悪
すら抱かないで、何も思わないようにすれば、相手の気持ちの行き場もなくなります。
同じ力で結びついていたのが、パッと離れることができます。それでも無になるのは難
しい……。根本的に人間は悩むのが好きなのかもしれません。気付いたら悩み事に執着
してしまうのです。何も考えることがなくなって持て余してしまうのが怖くて、人は悩
み続けるのです。
「でもわかるよ、私の周りも時々そういうストーカーが出てくるから」
同性から見ても可愛《かわい》くて、清楚《せいそ》なのにコケティッシュ感がある茜なので、男性につき
まとわれてしまうのも何となくわかります。
「この前も変なＩＴ社長に粘着されて参ったよ。なぜかタブレットをくれたんだけど、
その中に監視アプリとか仕込まれてたらしくて、キモくてすぐ返したし。あとはこの前
も有名な映画プロデューサーと食事したんだけど、トイレに入ったスキに飲み物に何か
混ぜたらしくて異様な眠気が……。ペリエ飲んでなんとかギリギリ保って逃げたけど」
「茜のほうこそ大変なんだね……」

ヤバい男性に好かれた体験談マウンティングでしょうか……。でもそんなバトルには喜んで敗北します。もっとハードな体験を聞いて玉恵は少し心が軽くなりました。

恋愛の妄想をしていると他人の恋の予兆に敏感になります
唇が赤くて何かエロい……
先輩の顔に今一瞬赤みが差したけどもしかして……
人の体は正直です……

18

ラッシュの電車にむりやり乗ってくる人は、次の駅で降りたい人がいるのにどいてくれないことが多いです。玉恵は常々苛立ちを覚えていました。考えるまでもなく、強引に乗り込んでくるマインドの人だからこそ、降りたい人がいても譲ろうとしないのです。何としても意地になって車内にとどまろうとする、エゴまみれの男たち。ドアの前の男性が動こうともせず、あまりにも邪魔だったので、玉恵は思わず「強引に乗ってきたんだからどいてくださいね」と小声で、その男性の背中に語りかけました。しかしその言葉は男性の黒い化繊のコートに吸い込まれて無反応のまま……。玉恵は一抹の虚しさを覚えました。電車のおじさんのリアクションがむしろなつかしいです。「愛の反対は憎しみではなく無関心です」と、どこかで読んだマザー・テレサの言葉がよぎりました。混雑している電車ではわずかでも「具合悪くなるかも」という不安が芽生えると、その不安で実際気持ちが悪くなってしまうことがあるので注意が必要です。この日の朝は電車が事故で遅延していて、いつもより混雑していました。玉恵は少し血の気が引いてきたのでホームに出たあと、ベンチにしばらく座っていました。そんなときにも妄想のスクリーンが流れ出し、今、偶然奥野さんが通りかかって「どうしたの？　大丈夫？」と優しく助け起こしてくれたら……という少女漫画のようなシーンを思い描きました。しかしそのいっぽうで、たまたま外山先輩が近くにいたら、と思うとぐったりしている場合ではありません。油断しかけていた玉恵はスッと身を起こし、会社に向かって歩き出しました。

ちょっと前までは気になる存在だった外山先輩が、今では玉恵の中ではストーカー系の危険な男性になってしまいました。玉恵にとって永遠の命題、男性がキモいかキモくないかをわけるものは一体何なのか考えてみたら、それはバランスなのかもしれない、と玉恵は思いました。バランスが取れていればキモくない、どこか過剰だったり欠如していたりとバランスがおかしくなっていたら、それがキモさとしてにじみ出てくるのだと思います。例えば過度の自意識や欲望がにじみ出ていたり。見た目だけではなく、雰囲気や身だしなみ、性格なども含めた全体のバランスです。外山先輩は、最近の執拗《しつよう》なアプローチと必死感でバランスが崩れてしまっています。でも、さわやかでデキる営業マン風の奥野さんは、かっこよくて服も洗練され、今のところ高いレベルでバランスが保たれています。

そんな勝手なジャッジをしながら玉恵が社内を歩いていたら、柳田課長の姿が見えて、彼は低いレベルだけれどバランスが取れている……と、上から目線で判定したりしていました。するとその課長から「『手放しノート』、発売することになったから」と報告され、玉恵は低いレベルとか言ってごめんなさい、と心の中で謝りました。静かに喜びに浸っていたところ、不意打ちのように廊下のコーナーから奥野さんが出てきて、玉恵はドキッとしました。変わらぬかっこよさ、だと思ったのですが、判定モードになっている玉恵の目はわずかな違和感を察知。何か妙に唇が赤いというか、体の周りを取り巻く磁場が乱れているような印象です。軽く会釈し、そのまますれ違いましたが、この胸のざわめきは何なのでしょう。というか、お菓子を交換してちょっと親しくなった気がしたのに、あれから完全に放置されています。塩対応が寂しいですが、きっと仕事がお忙しいのだと、玉恵は自分を納得させせました。

デスクについて仕事を始めたら鈴木先輩に「今日、ちょっとお昼いい?」と声をかけられました。ここ最近気まずい感じだったので、先輩として歩み寄ってくれているのでしょうか。気が散るようなことばかりですが、玉恵は仕事に集中し、オフィス用品の発注や、受け取った名刺のデータ入力など淡々と雑務をこなしました。無心で働くことこそ、ストーカーじみた外山先輩からの念をシャットアウトする秘けつです。冷蔵庫や机の上には今も時々、外山先輩からのお菓子が置かれていて、一方的にお菓子を渡される「菓子ハラ」が止まりません。冷蔵庫内にバスクチーズケーキを見つけたときは少し心が動きましたが、食べたら相手の思いも一緒に飲みこんでしまいそうだったので思いとどまりました。お菓子には申し訳ないですが、賞味期限が切れるのを待っている状態です。一度タピオカミルクティーが冷蔵庫に入っていたことがありました。一瞬、はじめて先輩にタピオカミルクティーをおごってもらったときの思い出が蘇《よみがえ》り、懐しさにかられそうになりましたが、タピオカミルクティーを液体とタピオカと容器にわけて処分するのはわりと面倒くさかったので、ポジティブな思い出はかき消されました。そんな気が休まらない日々だったので、癒し系の情報に詳しそうな鈴木先輩にいろいろ教えてもらいたいです。

外はもう冬が近付いている気配で、玉恵は厚手のニットを着てきてよかったと思いました。隣を歩く鈴木先輩は、珍しくヒールのパンプスを履いていて、レースのスカートでいつもより女子力を感じさせました。ランチに行ったのは会社から10分ほど歩いたイタリアンレストラン。1000円のランチセットはコスパが高いですが、ちょっと会社から離れているので玉恵がこの店を訪れたのは半年ぶりくらいでした。

「じゃあ私はペペロンチーノのセットで」と上気したような表情でランチを選ぶ鈴木先輩。

「私はサーモンクリームにします」

そわそわした鈴木先輩の空気が伝わってきて、玉恵は心が落ち着かず、黙々と働く店員さんに目を向けました。コスパが高くておいしい店だから長続きしますように……と心の中で応援の念を送った玉恵。じっとりとした気配を感じて前を見ると、鈴木先輩が意味ありげな表情で見つめていました。

「そういえばノート、発売になりそうなんだってね。おめでとう」

「ありがとうございます」

「もし売れたら、ノート界のこんまりだね」

「え、そんな……」

わざわざお祝いのためにランチに誘い出してくれたのでしょうか。最近あまり良い感情を持っていなくてすみません、先輩は本当は良い人だったんですね……と玉恵は心の中で謝り、従順な笑顔を浮かべて鈴木先輩を見つめました。でも、そんな平和な感情は長続きしませんでした。

「ところで折り入って聞くけど、玉恵ちゃん、奥野さんのことどう思っているの？」

「いや、とくに何も……まあまあイケメンだなーとは思いますけど」

「クッキーもらったりしてたけど、実際仲が良かったりする？」

「いえ、もらったけど特に何もないですよ」

「変なこと聞いてごめんね。今後、告白したり進展させる予定は？」

「今のところ何もないです」

「そう、良かった……」

鈴木先輩は、ホッとしたような表情で、うるんだ瞳でななめ上を見上げ、何かの思い出に浸っているようでした。

「どうしたんですか、鈴木先輩」

「どうしよう、言っていい？　実はね、昨日知り合いのお店のレセプションに行って。日本橋にできた新しい雑貨屋さんなんだけど、そこに偶然奥野さんも来てたのよ」

「はい」

「パーティのあと流れで飲みに行きましょうってことになって、飲んでいたら良い感じになって……フフフ」

「えっ？」

玉恵は、鈴木先輩の表情に一瞬赤みが差したのを見逃しませんでした。男性と肉体的な接触があったことを話す女子の顔に表れる身体反応です。二人とも大人の男女なので、きっと深い関係になったであろうことが推察されます。

「もしかして奥野さんと……」

「ご想像の通りで……ごめん、ショックだよね。今日ここの会計もちろん私が持つから」

と、咄嗟《とっさ》にお金でフォローしようとする鈴木先輩。大人は汚いです。

「いえ、大丈夫です……」

と、玉恵は自分のテンションが急激に下がっていくのを感じました。サーモンも気付いたら冷めてしまったし、食欲もなくなってきました。

「自分でもこの展開にびっくりしてる。今までまじめに仕事してきて、そんな浮ついた話はなかったし。でも昨日は何か朝から妙な予感がしたのよ。あとで調べたら、恋愛に関係する獅子《しし》座に金星が入っているという星の配置だったみたいで……」

「はい……」

玉恵は、とりあえず最後まで聞いて、冷静に判断したいと思いました。

「だから自然と二人ともいいムードになっちゃったのかな」

「ただ奥野さん、彼女いるんでしたよね」

「いや、でも、こういう気持ちって止められないじゃない？」

「さすがですね、ローズクオーツの恋愛運アップ効果」

と、ため息まじりに半ば投げやりに答えた玉恵に、聞いてもいないのに自分の思いを語りだす鈴木先輩。

「ローズクオーツの効果ももちろんあると思うけど、最近マグダラのマリアについての本を読んで、今まで女性性を封じ込めてきたんだって気付いたの。だからもっと本能の欲求に忠実になりたいってこの年で思って、そしたら女性性が自然と解放されてきたみたい」

玉恵が、鈴木先輩のローズクオーツのアクセサリーに目を向けると、ピンク色が一段階暗く、どこか淫美なとろみのある光沢感をまとっているようでした。ペペロンチーノのオイルに輝く先輩の唇は、今にも舌なめずりしそうな愉悦を漂わせていました。

「それで昨日実感したんだけど、気になる男性と話すとき、下半身に意識を置いて、あそこでしゃべってるようなイメージで会話すると、うまくいくってことを発見したんだ。あそこが口の代わりに動いている感じで。どんどんエロい空気になっていくから。いつか勝負のときがあったらやってみて」

と、浮かれて妙なテクニックまで伝授してくれようとする鈴木先輩。もうおなかいっぱいです。玉恵はパスタを半分以上残して「ごちそうさまです。私、仕事が残ってるんで」と店を後にしました。

風紀が乱れ気味の会社の空気から逃れる
ように地元の神社へ…そこで玉恵は久しぶりに
電車のおじさんと遭遇
ギラギラしていない
枯れてる感に癒される……
神社仏閣好きのおじさんは、もはや性欲でなく
聖欲を抱いているのかもしれません

19

なぜ、鈴木先輩と奥野さんは一晩のアバンチュールに至ったのでしょう……。今まで玉恵は鈴木先輩のことをとくに美人だと思ったことはなく、いたって普通の30代女性だと思っていました。若さゆえの傲慢さで、内心、20代の自分のほうが勝っているとすら感じていたのです。もしかしたらその思いが知らず知らずのうちににじみ出て、鈴木先輩との関係に影を落としていたのかもしれません。

その、鈴木先輩は派手な美人ではないにしろ、おとなしそうな見た目が癒し系の雰囲気を醸し出し、しかもよく見ると巨乳でした。会社に戻った玉恵は、鈴木先輩をそれとなくチラ見して、もしかしたら先輩は男好きのするタイプなのかもしれない、と評価を改めました。毛玉がついているニットもスキがあってエロいです。スピリチュアル好きということで若干男性を遠ざけているところがあるかもしれませんが、よく見たら顔立ちも地味に整っています。奥野さんとの事後は、内側から火照り、不思議な色香が漂っているようです。鈴木先輩が感化されたというマグダラのマリアの効果でしょうか。

玉恵が仕事の合間にこっそり「マグダラのマリア」で検索すると、抜けるような白い肌でデコルテを露出した美女の絵がたくさん出てきました。彼女があの清廉潔白なイエス様を誘惑したというのでしょうか。一説には妻だったといわれています。プロの女性なので様々なテクニックを持っていて、男性を骨抜きに……。マグダラのマリアの豊満なバストが、鈴木先輩と重なり、頭の中を様々な妄想が駆け巡ります。自分のことについてはプラトニックを通していた玉恵ですが、人のことについてはいくらでも妄想して良い、と今さっきルールを作りました。

頭の中から、二人のみだらな行為の幻想が消えません。今まで禁欲を貫いていた反動でしょうか。心の内側には、若い女性としてくすぶるものがあったようです。以前観《み》たことがある映画のラブシーンの断片と、鈴木先輩と奥野さんの顔が頭の中でコラージュされ、二つの肉体が絡み合うビジョンが浮かびます。AVの類いは観たことがない玉恵なので、まだ一般の映画止まりの妄想でした。揉《も》みしだかれて恍惚《こうこつ》の表情を浮かべる鈴木先輩の顔。そして背後から抱きすくめる奥野さんの腕に血管のような筋が浮き上がっているのがまたエロいです。目の奥がよどんでいくような感じですが、妄想をやめられません。性欲というのは思った以上に厄介なもの。男性はもっと激しいうずきや衝動に襲われ、理性で抗《あらが》っているのでしょうか。たとえ地位のある男性でも、ひとたび性欲に支配されてあやまちでも犯せば、簡単にその地位を失ってしまいます。仕事中、ちょっと性欲にかられただけでも、こんなにエネルギーを消耗し、罪悪感を覚えるのだから、今さらながら男性の苦労が察せられます。玉恵は冷たい水を飲んだり、神社に行ったときに買ったお守りなどを眺めていたら、落ち着きを取り戻してきました。その後、奥野さんを社内で見かけたとき、玉恵は一瞬心が収縮する感じがしましたが、そのあとは冷静でいられました。淡泊そうな顔でさわやかなイケメンだと思っていた奥野さんが、彼女がいるというのに、欲求を抑えることができないかわいそうな人だったとは。海綿体に操られている彼にむしろ憐《あわ》れみを感じます。その後ろ姿に向かって、声を出さずに早口で「巨乳が好きなんだね」と玉恵は語りかけました。

いっぽう、粘着質な行為をくり返す外山先輩は、玉恵に対してどんな欲求を抱いているのか、気持ち悪すぎて想像したくありません。淫乱になった鈴木先輩が、むしろ外山先輩のことも誘惑してくれたら良いのに、と玉恵は思いました。鈴木先輩は以前、外山先輩の高学歴ぶりや家柄が気になっていたらしいので、全力で応援したいです。しかしリビドーのスイッチが入った鈴木先輩は、意外にも柳田課長に興味を示していました。彼女持ちとか妻子持ちとか、人のものが欲しくなる罪なタイプなのでしょうか。

「ねえ、知ってた？　課長って以前鉄道会社で働いていたとき、労働組合との交渉役をさせられて、疲れて文房具の世界に入ったらしいよ。意外性があっていいよね。しかも鉄道会社なんてエリートじゃない」

と、仕事中、鈴木先輩に小声で話しかけられ、玉恵は驚きましたが、先輩の顔を見ると、目の奥でローズクオーツのピンク色が光っているようでした。しかしストライクゾーン広すぎです。ここまできたら行くところまで行ってほしい、という思いと、そんな風紀が乱れた会社はイヤだ、という思いが玉恵の中でせめぎあっていました。

性欲は伝染するのかもしれません。玉恵は家に帰ってからも、鈴木先輩と奥野さんの脳内コラージュをする素材を探したくて、ネットの海をさまよいました。まだAVのサイトを観るのははばかられたので、一般の映画の濡《ぬ》れ場が編集された動画サイトをチェック。実際には絡んでいないと思われますが、女優も俳優もかなりの演技力でリアルです。後ろめたさと好奇心がないまぜになりながら、一時間ほど観てわかったことは、世の人気女優はほとんど脱いでいるかセックスシーンを演じている、ということです。えっ、この人が？　という人ほど惜しげもなくバストを晒《さら》して、あられもない姿であえいでいます。芸能界の同調圧力でもあるのでしょうか。脱がないと一人前になれない、という……。一般人でよかった、と玉恵は思いました。そう思いながらもしっかり妄想のネタをインプットした玉恵は、鈴木先輩に軽く感情移入しながら淫美なイメージの波に身を任せました。他人になったつもりなので、自分自身は汚れていないと自らに言い聞かせながら……。

煩悩に支配されると、エネルギーが消耗し、注意力が散漫になったり、さらにプチ天罰か、良くないことが頻発しがちです。玉恵は、お気に入りのコップを落として割ってしまったり、買ったばかりのアイシャドウのケースを開けたら中身が粉々になっていたり、ベーカリーカフェで中国人の一家に荷物をどかされて席を取られたり、些細なアンラッキーに度々見舞われてしまいました。あやしげな動画サイトばかり観ていたので、ネットを通じてマイナスのエネルギーが来てしまったのか……なんて、鈴木先輩みたいなことを思っていた玉恵。妄想のしすぎで、鈴木先輩が半分乗り移ってしまったのかもしれません。

しかし、そんな玉恵の試練の状態はまだかわいいもので、テレビをつけると、パワハラのクリエイティブディレクターのニュース、セクハラした会社社長の話題、１００万円の収賄が露呈した議員のニュースなど、エグい人ばかり出ていました。男性は、女、権力、金の三つのどれかで身を滅ぼす可能性があると、玉恵は気付きました（時々、クスリも）。それぞれ、手に入れるともっと欲しくなり、満足しきれないのでしょう。「手放しノート」には「金、女、権力」と書いたほうが良いですが、そこまで潔くなれる男性はなかなかいそうにない。玉恵にはそこまで権力がないし、欲望も強くなくて良かったかもしれません。カフェ欲、服欲、睡眠欲、が玉恵のメインの欲求でした。今の性欲っぽい感覚は不測の事態です。なんとかこの状態をリセットしなければ、と思い「手放しノート」のサンプルにさっそく書き込みました。「性的な妄想」と。さらに「会社の風紀の乱れ」と記入。このノート、絶対人に見られたくありません。

やましさから解放されたくて、玉恵は次の土曜日、近くの神社にお参りに行くことにしました。地元には三つほどメジャーな神社がありますが、そんな中でも一番ストイックと思われる天神様へ。もとは太宰府《だざいふ》天満宮の神様なので、ちょうど令和にちなんでいて、霊験もあらたかです。

下町の街中にあるとは思えない本格的な神社で、大鳥居をくぐると池に三つの太鼓橋がかけられています。最初の橋は過去、次の橋は現在、その次の橋は未来を表し、渡ることで過去・現在・未来が癒されるという……。まさに今の玉恵にとって必要な儀式です。この橋で転ぶと縁起悪いので、玉恵は慎重に歩を進めました。渡り切ったところには、5歳の菅原道真《すがわらのみちざね》を模した銅像が。菅原道真が5歳のときに詠んだ、梅の花についての和歌が刻まれていて、その神童ぶりにハッとさせられました。しかも神様っぽい装束と髪型をした少年の銅像が結構かわいくて、眺めているだけで心が浄化されるようです。玉恵は前日の夜に、大人の卑猥《ひわい》な動画に見入っていたことを菅公《かんこう》像に懺悔したくなりました。少年の菅原道真は、玉恵の心の懺悔を聞いているのか聞いていないのか、目をそらし気味に佇んでいます。世の中の衆生の悩みや汚れとは無縁の、清らかな存在です。心の中で拝んだりしていたら、「こんにちは」と話しかけられました。一瞬銅像がしゃべったのかと思ったら、いつの間にか横にいたのは、あの電車のおじさんでした。「久しぶりだね」と、おじさん。手には、ご朱印帳を持っていました。「最近ご朱印を集めるのにハマっていてね」と屈託ない表情で笑っています。神社の気が良い空間にいるからか、おじさんの表情は晴れやかで、少年のような瞳をしていました。電車で押してきたときの殺伐としたおじさんとは別人のようです。

「ご朱印ですか。素晴らしい趣味ですね」と、玉恵。

ここ最近世間を騒がしていた、金や女や権力などにまみれたおじさんたちとは違う人種で、いい具合に欲が抜けて枯れているようです。でも、玉恵の中に、つい確認したい思いもあって、

「神社にお参りすると心が洗われますよね。もう欲望なんてなくなったのではないでしょうか？」とさり気なく探りを入れると、電車のおじさんは、

「欲望？　まだまだいっぱいあるよ〜」と答えました。「どんな種類の欲望ですか？性欲は？」とさらに突っ込みたいところでしたが、さすがの玉恵でもそこまで聞くのははばかられました。

亀戸天神からはスカイツリーがよく見えて、何か今日の玉恵にはスカイツリーの形が男性のシンボルのように見えてきて、結局曇っているのは自分の心かもしれないと反省しました。

電車のおじさんの息子はアラフォーらしいことがわかりました
人間の寿命が38歳ならもう死んでるな
Ooo
えっ……ていうことは
嵐よりちょっと年上で
V6より年下だと思えば
まだそんなにおじさん
じゃないかもしれません
男性アイドルが年齢の概念を変えました

20

「ちょっとお参りしてきます」と玉恵はおじさんに告げ、亀戸天神の本殿に向かいました。厳かな気持ちで二礼二拍手一礼をしてお賽銭《さいせん》を入れると目を閉じ、（会社の風紀の乱れがおさまりますように。煩悩が浄化されますように）と心の中で祈りました。

お参りを終えると、おじさんが待っていて、

「ここでは学問の神様をお祀《まつ》りしてるんだよ。立身出世のご利益もあるから仕事の昇進にも効果があるかもな」と話しかけてきました。社内の男女関係の乱れについてお願いしたとはとても言えませんでした。

「そうですね。雑念をなくして仕事がんばりたいです」

という玉恵の言葉に、

「女性が仕事で活躍する。いい世の中になったな〜」とおじさんは半ば独り言のようにつぶやきました。そのとき、玉恵は心の奥にあった軽いトラウマが一つ浄化されたように感じました。1年くらい前に友人に誘われて行った人相占いで、電車のおじさんと同年代かもしれない70代くらいの占い師の男性に「もう20代後半なんだから、そろそろ子

どもを作らないと。ご先祖様もそれを望んでいますよ」と言われたことがありました。そのとき、旧態依然とした価値観を押し付けられ、結婚して子どもを産むのが女の幸せで、それ以外は認めないようなおじさんの態度に少なからず傷ついたのです。そしてその言葉が刺《とげ》のように心のどこかでずっと引っかかっていました。この年代のおじさんは全員、女性は家庭に入るべきだと思っている、という先入観が苦手意識を増幅させていました。でも、どうやらそうでないニュートラルなおじさんもいるのです。玉恵が晴れやかな気持ちになって空を見上げると、木に止まっていたかわいい鳥が飛び立つのが見えました。吉兆かもしれないと嬉しくなりました。心がオープンになり、自分の仕事の話をしたくなってきた玉恵。

「今度、『手放しノート』というものを企画したんです。『夢引き寄せノート』の逆バージョンで、自分が手放したいことを書くんですが、そのノートにどんなことを書きたいですか？」と、おじさんにたずねてみました。

「腰痛。足の痺れ。老眼。頻尿。めまい。イライラ。お金の心配。いっぱいあるよ。でも最近物忘れが激しいから、手放しノートに書く前に全部忘れちゃうかもな」

おじさんは諦念の混じった笑顔を浮かべました。

「そうですか、お大事にしてください……」

ふと、実家の父は元気だろうか、と玉恵は思いを馳せました。まだ70代ではないものの、様々な不調が出てくる年頃です。

「江戸時代は人間の平均寿命は50歳といわれていたし、この前新聞で読んだけど遺伝子を研究すると人間の寿命は本来38歳くらいのはずだったってよ。今生きているだけで奇跡なのかもしれないね」

玉恵はうんちく系おじさんは苦手でしたが、電車のおじさんのさり気ない知識披露は素直に受け入れられました。神社の境内というパワースポットだからポジティブな気持ちでいられるのでしょうか。会社のうんちくおじさんは、何か質問すると全く関係ないうんちくを延々と話してきたりして、内心辟易《へきえき》していました。でも、電車のおじさんの寿命トークは不思議と心に訴えかけます。

「寿命が38歳ならうちの息子も死んでるな」と、おじさんの冗談っぽい言葉で、息子さんも既におじさんの域であることが判明。30代と聞いてはいましたがアラフォーでした。勝手に繊細なイケメン風を思い描いていましたが、玉恵は現実に引き戻されました。でも、美術系で家にこもっているそうなので、同年代のサラリーマンよりは老化はしてなさそうです。玉恵は、何、おじさんの息子に期待しているんだろう、と心の中で自分に突っ込みました。

「ノートができたら今度お渡ししますね」

「いいよいいよ買うから。じゃあ、病院の予約があるから」

おじさんは手を振って歩き去って行きました。このあとくされのない一期一会な感じが清々《すがすが》しく、また、これが最後かもしれないという切なさもあります。

60代後半のおじさんと交際しているという女友達は、ギラギラしていないおじさんといると癒される、と話していました。まだそこまでに到達できていない50代60代は、スキがあるとギラッとした情欲を見せてくるので油断できない、と年上ばかりにモテる彼女は言っていました。ずっと紳士的だと思っていたおじさんが、車で送ってくれたとき、帰り際に「僕、セフレ募集してるんだよね……」とつぶやいてきた、というエピソードを聞いたときにはぞっとしました。

そんなことを思い出しながら神社の境内を歩いていると、また別の80代前後の男性が接写で花の写真を撮影している姿に心が和らぎました。かなり高そうな一眼レフのレンズでめしべとおしべを接写しているおじさんは、もう女体への興味から美しい花に心移りしたのでしょうか。花弁やおしべ、めしべは植物にとって性器みたいなもの。その部分にエロスを感じられるのは、上級者の域だと玉恵は感じ入りました。冷静に考えると、女体の美しさは花に負けている気もします。

いっぽう会社の、色欲まみれの若い同僚たちは、まだ混沌《こんとん》のさなかにあるようです。翌週、出社したら鈴木先輩が、浮かない表情で座っていました。眉をひそめ、おデコしわを強調しながらため息まじりに話し出した鈴木先輩。

「奥野さんが受付の女子ともいい感じなのを見ちゃって……」と小声で玉恵に報告してきました。

「受付の内山《うちやま》さん、いつもメイクバッチリできれいな人ですよね。水川《みずかわ》あさみに似てる」

「そんなにかわいい？　とにかくその受付の子が、昨日は楽しかったですね、ありがとうございましたって奥野さんに言ってたのが聞こえてきて。飲みに行ったのかな〜。そのあと何かあったのかな」

と、鈴木先輩はもやもやして仕事も手につかない様子です。

「その日にいきなりっていうのはないいんじゃないですか？」

「いや、なくはないでしょ。現に私のときも……」と、鈴木先輩は一瞬女の表情になって、玉恵は若干生理的違和感を覚えましたが、心のどこかでは溜飲《りゅういん》が下がるような思いもありました。

「美人の婚約者もいて、鈴木さんだけでなく、内山さんまで。奥野さんやばい奴ですね」

「一番たち悪いよね〜」鈴木さんはそう言いながらも、まだ奥野さんのことを思っていそうな風情でした。

玉恵も、いっときは奥野さんのことが好きになりかけ、プラトニックラブの疑似感に浸っていましたが、彼の本性がわかってきた今は、もうどうでも良い気持ちでした。奥野さんが玉恵にクッキーをくれたとき、一瞬その気にさせられましたが、その後放置されて、これは一体何なのか、という苛立ちを覚えました。何度かお菓子をやりとりして、いい感じに発展してもおかしくないのに、そこで放置。でも、ここ最近の奥野さんの動向を観察してわかりました。イケメンで仕事ができる奥野さんには、女性のほうからどんどん寄ってくるのです。なので基本的に自分からアプローチする必要がないし、女が途切れない状態なので、軽い交流にとどまっていた玉恵のことも忘れてしまったのでしょう。もしくは、玉恵のほうからメールしたり、アプローチをするべき、という受け身のスタンスだったのかもしれません。「お礼に今度お食事しませんか」と、玉恵からメールしないと始まらなかったのでしょう。そこからの駆け引きやライバルたちのことを思うと、想像するだけで面倒くさいです。ハマったら消耗するだけでした。むしろ、鈴木先輩が身をもって教えてくれて助かりました。玉恵は傷心の鈴木先輩に優しくしたいという思いが芽生えました。スピリチュアルトークも聞き流さないでちゃんとリアクションしなければ。奥野さんは、いつか女性関係のトラブルに見舞われる予感がします。もしかしたら前の会社もそれで……という気がしましたが、わざわざ調べるほどのモチベーションはありませんでした。

仕事を終えた帰り道、玉恵が駅に向かっていると、通りで何か楽器を演奏しようと準備をしている男性がいるのが目に入りました。見たところサックスのようです。譜面台を立てているスーツ姿の男性をちらっと見ると、年の頃は50代半ばくらいでしょうか。路上ライブで風雨にさらされたくたびれ感や、ミュージシャンとしてのプライド、年齢感……様々な要素がフェロモンとなって醸し出されているようでした。そしてどうやらファンがついているらしく、妙齢の女性二人が立って演奏を待っていました。そのうちひとりは真っ赤なスカートで、もうひとりもフェミニンなファッション。アピールがすごいです。しかも玉恵が10秒くらい、ミュージシャンの前に立ち止まって眺めていただけで、女性のひとりがすごい勢いでにらんできました。女のファンが増えてほしくないという心理なのでしょうか？　そのライバル心にハッとして、玉恵は余計な争いに巻き込まれたくなかったので、その場をあとにしました。もう男性がらみのいざこざはたくさんです。

　一見、イケメンでも有名人でもないおじさんにファンがついているという事実は、何か可能性を感じさせます。玉恵の頭に、「推しおじさん」という言葉が浮かびました。誰もがひとり、心に推しおじさんを持てば、世の中は少し平和になる気がします。恋愛でもなく母性愛や庇護《ひご》欲でもなく、萌えでもない感情を刺激してくれる推しおじさん。哀愁と心配とあきらめと応援といたわりの気持ち、全部を混ぜたような感情をなんと言い表して良いのかわかりません。でも確実に言えるのは、推しおじさんがいたほうが優しくなれる、ということです。たしか人に思いやりの気持ちを持つと分泌されるホルモンがあった気がして、玉恵はスマホで検索。すると、脳下垂体からオキシトシンが分泌され、ストレスが緩和されたり記憶力アップや美肌など様々な効果があるらしいことがわかりました。玉恵は推しの電車のおじさんに感謝の気持ちがわいてきました。

電車のおじさんとの関係を邪推してきた外山先輩
祖父活?
違います!
祖父活とは具体的にどんなことをするのでしょう?
肩叩きくらいで良ければありかもしれません……

21

休日の昼下がり、カフェでお茶を飲んでいたら、隣の席で若い男女がスイーツを食べながら、小声で何か話していました。「パパがね……」と女子が声をひそめて話すのが玉恵の耳に入り、なんとなく気になって耳を傾けていたら、どうやら援助交際的なパパ活をしているようで、どうやって整形代をパパからせしめるか男友達に相談していました。年齢的には玉恵より5、6歳若い印象の、チープな質感の服を着ている女子でした。時おり、世の中全てを小馬鹿にしたような高い声で笑う彼女の無敵感が、玉恵に軽い恐怖心を抱かせました。

「もっとかわいくなりたいからお金が必要なの、っていうのはどう？　おじさん大喜びで払ってくれるよ」

「それ、いいね」

おじさんというのは、一般的に若者にバカにされてしまう存在なのでしょうか。玉恵は切なくなりました。

友人で、かなり年上のおじさんと付き合っていた子がいたのを思い出し、その小林《こばやし》さんにＬＩＮＥでメッセージを送って、改めて聞いてみました。

「おじさんの魅力って何？」

「哀愁が漂っているところ、何かをあきらめたような感じにも萌える。あと何年生きられるのかな……と想像して切なくなったりするよ」

小林さんとの交際がおじさんの奥さんにバレて結局別れてしまったようですが、来世は同じくらいの年頃に生まれてまた付き合う約束をしているそうでした。

「嵐の『Ｍｏｎｓｔｅｒ』を聴くたび泣ける」

おじさんの余韻に浸る彼女に、理想の推しおじさんについて聞いてみた玉恵。

「有名人でかっこいい推しおじさんって誰かいる？」

「ロジャー・テイラーかな。ＱＵＥＥＮのドラムの」

玉恵はさっそく画像検索してみました。もともとはブロンドのロングヘアで青い目の、少女漫画に出てきそうな美青年。それが70代になっても目鼻立ちの完璧なバランスを保ちつつ、白くなったヒゲと髪が威厳を漂わせていました。髪は薄くなっておらず、柔らかい光沢で頭部を彩っています。イギリス人は王族でも頭髪が淋しくなっているのに不思議です。ヒゲは白くても頭部は少しブロンドまじりで、それが思考の若さを感じさせます。歯並びも美しく、もとは歯科医を目指していたくらいなので、歯のケアを怠っていないのでしょう。驚いたのはデコしわがほとんどないことです。口のまわりのヒゲはほうれい線をカバーするのに役立っていそうでした。とにかくこの世にこんなイケおじさんが存在するとは。玉恵はロジャーに心が動きかけ、推しおじさんは何人いてもいいんだ、と思い直しました。ロジャーは今まで三人の美女と結婚したり交際し、今の金髪彼女はかなり年下のようでした。若いエネルギーを吸収しているのもアンチエイジングの秘けつなのでしょう。ドラムを演奏することで血の巡りも良くなっていそうです。

「ロジャー、想像以上にかっこいい！　顔整いすぎ」と小林さんに送ると、

「でしょ？　あごヒゲをモフモフしたい」

という答えが返ってきました。

ロジャーの男の美学が感じられるインスタグラムを眺め、ため息をつきながら電車に乗ったら、今度はイケてないおじさんと遭遇。おじさんの冷水を浴びせられたようです。そのおじさんは半分酔っているのか、よどんだ目でだらしなく座席に座り、靴を脱いで靴下を見せていて、玉恵は思わず眉をひそめました。

「グゲボッゲプッ」というゲップの音があたりに響き、玉恵は気分が悪くなりました。さらにそのおじさんは、頭をかきむしりはじめました。本当にやめてほしいです。前頭葉の退化のせいか、人間らしさを失って、動物化しつつある……なんて言ったら動物に失礼です。口の中に手を入れて挟まったものを取ろうとしたり、おじさんの嫌な部分を凝縮したような動作が次から次へと繰り出され、玉恵は肌が粟立《あわだ》つ感覚になりました。

さらに駅のホームを歩いていた玉恵は、一瞬よそ見したときに別のおじさんとぶつかりそうになりました。そのおじさんは「うぅ〜〜〜」という唸《うな》り声のような音で威嚇してきました。人間ではない、もはや半分不成仏霊と化しているようでゾッとします。何か不服があるのならちゃんと人間の言葉で言ってほしい……。

雲の上の完璧なおじさん、ロジャーのことを考えて現実逃避していたら、現実のおじさんを見ろ、と言われたようで我に返りました。おじさんに好感を抱くと、反対に嫌悪を抱くような出来事が降り掛かってくるのは何の法則なのでしょう。おじさん正負の法則とか？　おじさんに対しては常に無でいるべきなのでしょうか。もしかしたら玉恵は、おじさんの持っている負のエネルギーを刺激し、外に放出させる、という隠れた使命を担っているのかもしれません。

それにしてもおじさんのギャップは激しすぎます。赤ちゃんまでさかのぼれば、誰もが玉のような肌で純粋でかわいかったのに、60年、70年も経《た》つとそれまでの生き方や思想でまったく別種の生き物のようになってしまうのです。男性には良い年の取り方をしてほしい……と玉恵は願わずにはいられませんでした。亀戸天神でも偶然会った電車のおじさんは、神社のご朱印集めという波動の高い趣味によって、最初遭遇したときと比べて浄化され、怒りの毒も抜けて、いい感じに年齢を重ねているようでした。どのおじさんもあきらめず、何歳からでも、自分を磨く努力をしたほうがいいです。

会社の人、例えば奥野さんはイケメンでモテているかもしれません。でも性欲にかられる生活とうわべだけのはったりで仕事していたら、60、70代になったとき、見る影もなくなっていそうです。目尻が下がり、好色そうな赤い唇のおじさんになった姿が浮かびます。そして外山先輩は、こだわりとプライドの強さが凝り固まって、クレームおじさんになりそうな……。会社の上司は、課長や部長などそれぞれ「うんちくおじさん」や「恩着せおじさん」の道をまっとうしていきそうです。残念ながら社内には推しおじさん候補はいませんでした。唯一、年に数回しか姿を見ることがない社長が、小柄でかわいい感じでしたが、社員を安月給で働かせているので全面的に支持はできません。玉恵は心の中で、周りの男性たちの何十年か後を勝手に予測。自分のことは棚に上げさせていただきます。女性の場合、ある程度メイクや美容でおばさんになったときの外見をコントロールできる気がします。

おじさんについてさんざんジャッジしていたバチが当たったのでしょうか。会社に出社したら、試練が待ち受けていました。外山先輩が近付いてきたので、玉恵は一瞬身構えました。また、ありがた迷惑なお菓子を持って来られるのかと……。先週はカロリーがやたら高い芋けんぴが机の上に置いてあって困りました。お菓子には罪はないのですが、先が尖っている芋けんぴに攻撃的なものを感じました。そのまま、社内の共用のお菓子コーナーに移動させました。芋けんぴの次はいったい何だろう、カロリー爆弾的なシナモンロールかチョコレートドーナツか……そんな平和な想像を一瞬しましたが、外山先輩の言葉は予想外な角度から玉恵を攻撃してきました。

「この前、見ちゃったんだけど」

「は？　何ですか？」

「神社で、年配男性と親しげに一緒にいたよね」

「えっ……」

「年齢的にお父さんでもなさそうだし、誰なの、あれ？」

「いや、先輩には関係ないことだと……」

「もしかして、パパ活というか、祖父活？」

外山先輩は、悔しさと見下し、様々な感情が入り交じった目つきで見てきました。

「違います」

戸惑いや怒りがわき起こり、玉恵は先輩をにらみました。この人は何度、私を失望させたら気がすむんだろう……。一体電車のおじさんと玉恵についてどんなえげつない妄想を繰り広げているのか、玉恵は先輩の邪眼に当てられそうで目をそらしました。

つい最近、カフェでパパ活で整形代の算段をしている女子を見かけたけれど、あれが伏線だったのかもしれません。あのときの、軽薄で人をバカにした態度の女子に内心苛立ちを覚えていましたが、まさか自分が同類のように思われているとは……。

「うん、わかるよ。だってうちの会社お給料少ないもんね。僕だってそういう風にお金をもらえたら楽だと思う。でも人間としての理性が許さないんだよね。だから地道に働くしかないし、もっと他の方向で稼ぎたいというか、オンラインサロンでも立ち上げようかと思ってる」

外山先輩は勝手に決めつけた上、自分の野望を語り出しました。

「ちょっと前にメモの本が売れてたから、ノートの活用術についてのオンラインサロン。一ヶ月2000円で100人でも集まれば20万になるし、もし軌道に乗ったら君にスタッフとして手伝ってもらうことも考えてるから。だから祖父活なんてやめて、ちゃんと自分のやるべきことをやったほうがいいよ」

「何度も言うけど祖父活じゃないですって。それに今さらオンラインサロンなんて……」

「クリエイティブジャンプのツールとしてもっとノートを活用する方法を広めていきたい」

こちらの話も聞かず、また何か小難しいことを言い出した外山先輩。玉恵は反論するのも面倒になってきました。外山先輩のオンラインサロンなんて三人でも集まったら上出来です。それに上から目線で雇ってやる的なことを言われても……怒りを通り越して脱力しました。本当は電車のおじさんとの出会いから今までの経緯、「推しおじさん」

という新たなジャンルについて説明して弁明したいところでしたが、これ以上先輩と会話したくありません。

席に戻ると、もう鈴木先輩にも噂が伝わっていたようで「さっきは外山先輩に詰められていたけど、大丈夫？　祖父活がどうのって言ってたけど」と好奇心と心配が入り交じった様子で聞かれました。

「祖父活じゃないんです。そこまで困ってませんから。ただの推しおじさんです」

「推し……おじさん？」

「距離感を保ちつつ応援してます。世代間の交流って勉強になりますよ」

「ふーん、わかるようなわからないような。マニアックだね」

「先輩もどうですか、一家にひとり、推しおじさん」

「いや〜私は普通に若いイケメンのほうがいいわ」

その若いイケメンも、そんなに遠くない将来には１００％おじさんになるんですよ、と玉恵は心の中でつぶやきました。

ケンタッキーのカーネルおじさんの像に吸い寄せ
られた玉恵
その後、公園で
電車のおじさんに
遭遇！
カーネルおじさんに
お参りすると
おじさん運がUPします

22

会社で「祖父活」疑惑をかけられた玉恵。社内でどのくらい広まっているのかわかりませんが、不思議と60代以上のおじさん社員が優しくなったような気がします。彼女は、結構年上でもOKなんだ……と、おじさんたちは心のどこかで受け入れられたような気になっているのかもしれません。それも不本意な話ですが。副社長に「あの、君が企画した『手放しノート』、販売したら結構評判良いみたいだな」と突然声をかけられたときには驚きました。もしかしたら査定が上がってボーナスに加算されるかもしれないと、玉恵は期待。ストーカーと化していた外山先輩が逆恨みして流した噂ですが、結果的に会社で少し過ごしやすくなったような……。鈴木先輩にも「おじさん転がしがうまいね」と一目置かれるようになりました。鈴木先輩は先輩で、奥野さんを吹っ切ろうと努力しているようです。

「前、人相学の本で読んだんだけど、笑ったときに刻まれる目尻のしわの数が、女の数なんだって。奥野さん4、5本くっきりと刻まれてたし。何か笑った時の目の形がいやらしいんだよね」

と、仕事の合間に小声で話しかけてきました。

「たしかに。私が聞いたことがあるのは、結婚線が何本か枝分かれしていたら浮気しているっていう話です。どうでしたか？」

「どうだったろう、奥野さんの手……」

鈴木先輩は遠い目をどんよりさせ、奥野さんの手の感触を思い出そうとしているようでした。先輩は「手放しノート」の1ページ目に「奥野さん」と書いたほうが良さそうです。玉恵も、外山先輩への嫌悪感とか苛立ちを手放したいと思っていました。逆に動向が気になって、外山先輩のツイッターやSNSをチェックしてしまいます。ちょっと前についにオンラインサロンを立ち上げたと書いていました。フェイスブックで、ノートにまつわる文章を書いて、参加者を募っているようです。「月に1回のオフ会」「生配信トーク」「メンバー同士の交流」などを掲げているようですが、外山先輩のオフ会に来たい人はいるのでしょうか。キメ顔のバナーまで用意周到に作っていました。月会費は2000円。テレビに出ている著名人は月額1万円取っていたりするので、それに比べたら割安ですが、知名度がない初心者としては強気の価格設定です。「ブレイクスルーのノート術」というサロン名に意識の高さが漂っていて、玉恵はゾクッとしました。サロンを立ち上げてから、有名人気分になったのか、会社で見かける外山先輩は、妙な自信を漂わせるようになっています。サロンに集中することで玉恵への執着心が薄れると良いのですが……。

仕事のあと、玉恵はボーナスへの期待をこめて、錦糸町に立ち寄りました。ショッピングモールに行きコスメなどをチェック。アパレルショップに立ち寄ったものの、服を何枚か見ただけでとくに琴線に触れるものはなく、小腹が空いたので気軽に食事できるお店を探しました。玉恵は気付いたら、ケンタッキーフライドチキンの前に立っていました。というか、カーネル・サンダースの人形の前に引き寄せられていました。創業者である白髪のおじさんが、白いジャケット姿で柔和にほほえんでいます。玉恵は、その手の微妙な開き具合が気になりました。ウェルカム！　というほどのオーバーリアクションでもないし、ハグをしようというオープンさもない、友人として迎える雰囲気ではなく、あくまでオーナーと一般客という関係を崩さないという、用心深さと距離感があるジェスチャーです。

（この近付こうとしても近付けない感じと、かわいい笑顔に惹かれる……カーネル・サンダースは、元祖、推しおじさんかも）

と、玉恵はしばらく像を見つめていました。ただ、その瞳もよく見ると笑っていないようで、心の内がわからないおじさんです。スマホで調べたら、カーネル・サンダースは苦労人で、陸軍、機関士、判事助手、保険外交員、タイヤのセールス、ガソリンスタンド経営など四十ほどの職種を経験していたようです。仕事で多少挫折しても、心を強く持てば大丈夫なのかもしれない、と思えてきます。

軽く食事をしたあと、玉恵はショッピングモールの横の公園に立ち寄りました。すると、カーネルおじさんが伏線だったのか、ベンチに電車のおじさんが座っているのが目に入りました。子どもたちがバドミントンやフリスビーで遊ぶのを、カーネルおじさんのような柔和な笑みを浮かべて眺めていました。

「こんにちは、この前神社でお会いしましたね」と、玉恵が近付いて話しかけると、

「え、ああ、久しぶり」と、おじさん。

「ここへはよく来るんですか」

「毎週、ここの病院に行ってるんでね」

「あの、この前お渡ししたノート。使ってくださっていますか？　また新しいノートを持ってきたので使ってください」

玉恵は「手放しノート」を出しておじさんに差し出しました。

「ああ、ありがとう。最近しょっちゅうノートをなくしちゃって、ありがたいよ」

「このノートはなくさないでくださいね。そういえば御朱印帳はたまりましたか」

「御朱印か、あれは疲れるからもうやめようと思うんだよ。結構並んでて待つこともあるしな」

前を見つめてつぶやいている、疲れたようなおじさんの表情が気になりました。

玉恵は、次は高齢者向けに御朱印帳や、寺社お参りの記録ノートを企画しようと思っていたところだったのですが、おじさんの表情を見て、少し考え直したほうが良いような気がしました。

「御朱印帳、大変なんですね。亀戸天神以外はどこの御朱印もらったんですか」

「……どこだったかなあ、千住《せんじゅ》のほうの神社に行った気がする。頭悪くて覚えられなくて」

弱気なことを言い出したおじさんを励まそうとして、玉恵は、

「そんな、頭悪いなんてことないですよ。昔、選挙事務所で仕切っていた話をされたじゃないですか」と、前に聞いた話を振ると、

「選挙事務所、あったっけかな……」と、おじさんはおぼつかない感じでした。

「あの、昔はどんなお仕事されていたんですか」玉恵はおじさんの海馬に刺激を与え、記憶を引き出そうとしました。

「船乗りだったかかな」

「えっ本当ですか、すごいです」

「いや、映画の記憶とごっちゃになってるかもしれない」

「そうなんですね。『パイレーツ・オブ・カリビアン』とかでしょうか」

「俺は、絵描きだった……」

「え、絵描きって息子さんじゃなかったですか」

「ああ、そうだっけ」

玉恵はだんだん心配になってきましたが、記憶力が曖昧になっているらしいおじさんは、肩書きとか過去の栄光とかを自然に手放しているように見えました。忘れることは、神様が人間に与えた自然な手放し方なのかもしれない、と玉恵は思いました。

何かが少しずつ始まっている気がしますが、不思議とそんなに悲愴《ひそう》感はなく、天然に穏やかにボケているおじさんとの会話をしばらく楽しみたい気持ちもありました。自分の過去の仕事を好きに決められるのも自由で良いです。この年代だからこそ許される遊びかもしれません。玉恵は、いつか自分がおばあさんになって、誰かに昔何をやっていたか尋ねられたら「女子アナだったの」「CAよ」とか答えてみたいと思いました。

ふと見ると、おじさんが「手放しノート」にさっそく何かメモしていました。

「1008」

「なんですか、その数字は」

「銀行の亀戸支店の暗証番号だよ」

「ちょっと、無防備に、いきなり暗証番号なんて書かないでください」

と、玉恵は動揺。こんな場面、また外山先輩に見られたら、完璧に祖父活で遺産狙いの女だと思われます。しかし不思議とその数字が頭から離れず、ばっちり覚えてしまいました。10／08、おじさんの誕生日でしょうか。

「最近忘れっぽくて、書かないと不安になっちゃうんだよ」

おじさんはさらにノートに「1580万円」と金額をメモ。おそらく預金額でしょう。

玉恵はそれ以上立ち入ったことを聞くのははばかられましたが、おじさんの老後資金がそれほど少なくないことに心のどこかで安堵していました。玉恵の亡くなった祖父母は毎月十数万円も年金をもらっていて、そこそこ余裕のある生活をしていた記憶がありま す。祖母はよく伊勢丹で服や化粧品を買っていましたし、祖父は趣味の囲碁会に出かけて悠々自適でした。電車のおじさんは祖父母よりは少し年下のようですが、それでも10万円は受給していることでしょう。さらにこれだけ銀行預金（他にも資産があるかもしれませんが）があれば当分大丈夫そうです。玉恵はおじさんの資産について無意識のうちに計算していた自分に気付いてハッとしました。外山先輩が祖父活とか変なことを言い出したから、そのせいでおじさんの経済状況に意識が向いてしまったようです。

話したことをいつか忘れてくれるなら、悩みを相談しても大丈夫かもしれない、玉恵はそう思って当面の懸案事項についておじさんに話してみました。

「つきまとってきて、苦手な男性の先輩がいるんです。どうすればいいんでしょうか。人を嫌いになると苦しい感じがして……」

「どんな男性なんだね」

「メガネをかけていて、ちょっとインテリっぽく、痩せてる人です。でもなんとなくキモい感じが……」

「そうか、昔のオレみたいだな」

「えっそうなんですか」

「いや冗談だよ。その男性が嫌いでも、全てが憎いわけじゃないだろう」

「はぁ……」

「例えば、メガネには罪はない。そう思ってみるんだよ」

「メガネには罪はない……」

外山さんがかけている黒ぶちのおしゃれっぽいメガネ。思い出してみて、たしかにあのメガネには罪はない気がしてきました。

「そうやって、少しずつ嫌いな部分をなくしていくのはどうかな。ムリに好きになる必要はないよ」

「今、なんか、心が軽くなった気がします」

根本的な解決にはなってない気もしましたが「メガネには罪はない」という言葉を心の中でつぶやいていると、少しずつ愉快な気持ちになってきた玉恵。電車のおじさん、さっきはちょっと不安になりましたが、冴《さ》えてきてよかったです。

玉恵はベンチから立ち上がると、「ありがとうございました」とお礼を言ってポジティブな足取りで歩き出しました。

気になる人のインスタをチェックして
女性の存在を感じない…
とホッとするのは早計です
女の影を匂わせない、徹底的に隠している男性は実は
モテを狙う策士なのかもしれません
彼女が写り込まないように撮影
結婚してても あえて指輪を外すタイプです

23

気付いたら苦手な人のことを延々と考えてしまう。玉恵はそんなことでエネルギーを消耗したくなくて、電車のおじさんの語ったアドバイスを心の中でリピートしました。

「メガネには罪はない」

思い出しましたが、以前、仕事のやりとりのために連絡先を交換した外山先輩のLINEのアカウントは、黒ぶちメガネのクローズアップ写真で、今考えるとそれが知的アピールにも見えて、自分の顔につけているものをアップで撮影するのも生々しく、メガネには罪はないとは言い切れない気がしてきました。メガネ以外のもので考えてみよう、と玉恵は思い、「手放しノート」に書き出してみました。

「腕時計には罪はない」「パソコンには罪はない」「ハンカチには罪はない」「シャツには罪はない」「靴下には罪はない」

……先輩の衣服を次々想像してしまい、玉恵は身震いしました。別のベクトルに気をそらそうと、外山先輩のフェイスブックをこっそり見てみました。オンラインサロン「ブレイクスルーのノート術」のために、フェイスブックでさかんに集客しているようです。やっぱり人が集まらなかったのか、月額1500円に値下げしていました。

さらに、外山先輩はノートにまつわる格言を次々アップしているようでした。

「ノートを制するものは、人生の2割を制す」

「ノートは裏切らない。ボールペンは時々裏切るけれど……」

「ペンは剣より、ノートは楯《たて》より強し」

うまいこと言っているようで何も言っていない気がする微妙な格言は、外山先輩が作ったのでしょうか。人生の2割なんて何を根拠に……と、玉恵は首をかしげました。ボールペンは裏切る、というのはちょっと納得です。これまでに何度も、ボールペンの液漏れで手が黒くなったことを玉恵は思い出しました。いけない、つい先輩に共感を。

「素晴らしいアイディアを記録するためのノートがあるか聞かれますが、私はこれまでに1冊しか持っていません」

文房具メーカーで、ノートを1冊しか持っていないなんて問題発言かも、と思いながらも、違和感を覚えた玉恵。

「ノートを持ってカフェに行き、書いているうちにどこかに連れて行ってもらえるのが最高です」

「私はこの人生で持っている全てのものを人々に与えます。ノートを開き、書かれた全てのことを公開します」

このあたりは先輩の言葉としてあまりリアリティを感じません。コメント欄を見ると、パクリだとか書かれているのを発見。ネットを巡回している人々は目ざとく何でも見つけてしまいます。とくに先輩のような一見「意識高い系」は1回標的にされると、しつこくあら探しされる運命に。オンラインサロンの値段が高すぎるとか500円でも入りたくないとかまで書かれていました。

玉恵は、同僚として同情しながらも、どこかでうしろ暗い喜びというか、溜飲が下がるような思いでした。祖父活の疑いをかけられた身としては、因果応報？　という思いがよぎります。プライドが高い外山先輩なので、パクリとか終わったとか言われてどれほどショックを受けていることでしょう。

コメント欄をたどってみたり、独自で英文の格言サイトを検索してみて、それぞれが誰の格言か玉恵は突き止めました。3時間もかかってしまいましたが……。この執念、逆に外山先輩のファンともいえるかもしれません。ノートを「これまでに1冊しか持っていません」というのはアインシュタインの言葉で、「ノートを持ってカフェに行き……」という言葉はハリー・ポッターシリーズ作者のJ・K・ローリング。「全てのものを人々に与えます」と壮大に公言しているのはカニエ・ウエストのようです。これだけの格言を見つけてくる努力だけでも少し評価できるので、せめて引用だと明記すれば良かったのに、と他人事ながら玉恵は残念な思いでした。

次の日、出社すると、外山先輩は欠勤していました。やはりプチ炎上が響いたのでしょうか。鈴木先輩によると、体調不良だとのこと。

「お腹弱そうだから、何かにあたったんじゃない」と素っ気ない感じでした。

「それより、さっき噂が聞こえてきたんだけど、奥野さんが虎ノ門《とらのもん》ヒルズのイノベーティブなイベントに、ファシリテーターで出演するんだって。今までのキャリアや営業の戦略について話すらしいよ。すごいよね。ますますファンが増えちゃいそう、社外にも」

「ファシリテーター？」

たまに目にする肩書きですが、玉恵はいまいちファシリテーターの意味がわかっていませんでした。でも、仕事ができる感が伝わってきて、外山先輩よりも本物の、良い意味での「意識高い系」に思えます。社内でちらっと見かけた奥野さんは相変わらずかっこよくて、でもどこか少年っぽいのに色気も漂っていました。久しぶりに脳内プラトニッククラブを再開しようかな、と思ったほどです。お酒もほとんど飲まないし、もちろんドラッグも経験ない、まじめな市民として生きてきた玉恵ですが、ときどきプラトニッククラブの快感を求めたくなってしまうのです。満たされていない部分があるのか……。奥野さんへの思いはいったん沈静化したはずなのに、また再発しそうな予感です。仕事が落ち着いて、心の余裕が出てきたのでしょうか。欠勤しているので外山先輩の目を気にせず、プラトニックラブに逃避しやすいです。せっかく、電車のおじさんと遭遇した神社でつい最近お参りしてきたのに、心身が浄化されていなかったようです。

仕事中も奥野さんの視界に入るかもしれないので、口角を上げ、姿勢良く座ってみた玉恵。無駄に机の上に花柄のハンカチを置いたりして、女子のたしなみをアピール。ランチタイムは、本当は近くの中華であんかけ焼きそばを食べたいところでしたが、どこで見られているのかわからないので、こじゃれたオーガニックカフェに入りました。そこのシェフが、よく見たら意外とかっこよくて、恋愛モードになっているとイケメンを引き寄せてしまうのでしょうか。小麦粉を練った何かを、一生懸命こねている紅潮した横顔を見て、玉恵はほのかなときめきを感じずにはいられませんでした。もしかして自分は単に男好きなのでしょうか。

恋愛とは、ときどきひく風邪みたいなもの……。きっと、世界のどこかに恋愛を風邪に例えた誰かの格言があるはずだと、玉恵は検索してみました。最近格言づいています。するとヒットしたのは「風邪は恋が進展するチャンス⁉ 寝込んだとき、男子にされたいコト」という記事でした。こういう記事はイメージ写真などで容量が重そうなのでパケットが気になってクリックはしなかったですが、きっとおでこで熱を測るとか、おかゆを作ってくれるとか書かれているのでしょう。皆、妄想好きですね。玉恵の希望的な妄想だと、「オレにうつせば治るなら身代わりになってやるよ」とか言われてみたいものです。世の女性は妄想の潜在意識でつながっているようです。カフェで玉恵は、こっそり奥野さんのインスタを検索。気になる人について調べる場合はパケットも気になりません。鈴木先輩のインスタのフォローからそれらしき人を見つけることができたので、さっそく飼い犬らしきビーグルの写真にいいね！　をつけました。神楽坂《かぐらざか》のおしゃれな青果店の写真にも、いいね！　を。さすが意識の高い彼なので、1個80円もする有機野菜のプチトマトを買っているようです。そして女性ファンが多い自分を意識しているからか、インスタに彼女の気配は見えませんでした。レストランの写真に匂わせが写り込んでいるかとチェックしたのですが、それもなし。男同士の飲み会はちゃんと他の人が写っていました。ブランディングにぬかりがないです。そんな奥野さんに、いいね！　で存在感を示しつつ、今まで見る専門でほとんど投稿もしていなかったインスタで彼の心を摑む写真を投稿したい、と玉恵は思いました。道端に咲いている花や、街で遭遇したスズメの写真などで、心優しいキャラをアピールしたいです。奥野さんが虎ノ門ヒルズのイベントに出るというなら、虎ノ門の風景写真や、以前もらったクッキーが売られているケーキ屋さんで写真を撮ってメッセージ性を出してみたり……。と、オーガニックカフェでひとりニヤニヤしながら展開を妄想する玉恵。ふと我に返り、今の自分はストーカーっぽくなった外山先輩のことが言えないくらいキモいような。相手の行動範囲をリサーチして、それをなぞるように、自分も同じ場所に行こうとするなんて、冷静に考えたらほぼネットストーカーです。実際に行動に出て、深みにハマる前に気付けて良かった、と玉恵は思いました。さり気なく匂わすくらいの、ソフトなアピール方法を検討したいです。恋愛は人をキモくするのでしょうか。多分、テレビドラマに出ているような美男美女じゃないと美しい恋愛はできないのかもしれません。風邪をひいた姿が良い感じなのは、ドラマの中だけです。実際は汗臭いし、頭はボサボサで髪の毛が頬に貼り付いているし、吐き気でトイレとベッドを往復していたり、ティッシュやビニール袋が散乱していたり、とても人様には見せられない姿です。これ以上見苦しい姿になりたくない。外山先輩を反面教師に、玉恵は水を飲んで少し心を静めようとしました。また姿を見たら気持ちが高まってしまうかもしれませんが……。今のところはイケメンのシェフの働く姿を見て、気持ちを分散させることができました。

自分の内に潜むストーカー気質に気付き、もしかしたら外山先輩にあんなに嫌悪感を抱いていたのは、自分と似ているところがあったからかもしれない、と玉恵は思いました。今なら少し、外山先輩のことを許せそうです。炎上のショックか何かで欠勤している、気の毒な先輩。許そうと思うと心が軽くなったのを感じました。そして、許す、ということは手放す、ということと同じなのだと思い至りました。ネガティブな思い出も、許すことでどんどん手放していけると心のノートにメモしました。

こちらが相手への関心を失ったとたん、相手が
逆に興味を示してくる法則は何なのでしょう
視線を感じる……
恋愛のタイミングは難しい…両思いで結ばれる
のは奇跡のように思えてきます

24

玉恵がスマホのニュースアプリを立ち上げると、もうすぐ、虎ノ門ヒルズ駅がオープンする予定というニュースが目に入りました。東京メトロ日比谷線に約56年ぶりの新駅誕生だそうです。奥野さんが今度イベントにファシリテーターだかモデレーターで出るという会場に駅が直結するとは。まるで奥野さんが駅を引き寄せたかのように玉恵には感じられ、彼のカリスマ性にひとりで胸がいっぱいになっていました。今度会ったら「虎ノ門駅、おめでとうございます」と言ってしまいそうです。

玉恵は鈴木先輩のパワーストーンでも眺めて、落ち着こうと思いました。鈴木先輩が退社したあとの机には、ローズクオーツや水晶、アメジストが並んでいました。素人から見ても、石に元気がないというか色がくすんでいるのが気になります。石たちに囲まれて「手放しノート」が置かれているのが玉恵の目に留まりました。好奇心にかられた玉恵は、そっとページを開きました。するとそこには……

「受付のブス、マジむかつく」「奥野は性獣」「男なんてクソ」「係長が乳首透けててキモい。インナー着て」「駅でイチャつくカップルって何でブサイクなの?」「コンビニの店員がおつりでくれた10円玉がサビまくってた」「漫画アプリのCMの曲イライラする」「外山先輩の目つきが邪眼」「バチェラーの最終回ありえない」「うどん屋の注文の取り方が威圧的」

など、悪口の数々が書き連ねられていて、玉恵はこれ以上ページをめくると自分の悪口が書かれていそうな気がして怖くてノートを閉じました。

「手放しノート」にこんな使い方があったとは……。スピリチュアル好きの鈴木先輩はこのノートにネガティブなものを吐き出すことでデトックスしていたのかもしれません。ここに雑念や怨念、悪口を書くことでいったんはリセットできるのでしょう。無防備に放置されているこのノートが他の社員の目に留まらないことを祈ります。

スピリチュアル好きで精神性を高めているはずの鈴木先輩が、実はこんなに心に闇を抱えていたとは……玉恵は戦慄を覚えました。ふだん天使とか高次元の宇宙人とか光の部分を求めているからこそ闇の部分が色濃くなってしまったのでしょうか……。自分で言うのもなんですが、もしかしたら玉恵のほうが、鈴木先輩よりもノートの使い方が模範的というか、純粋な気がしてきました。「手放すことは許すこと」というある種の真理に気付いた玉恵は、ストーカーじみた行為を繰り返した上にネガティブな噂を流してきた外山先輩を許そうと思い、「手放しノート」を活用してきて、おかげで徐々に心の曇りは晴れてきたようです。しかし、先日ショッピングモール横の公園で偶然会った電車のおじさんのノートの使い方は、さらにそのななめ上を行っていました。自分の銀行口座の暗証番号や預金額まで書いていて、終活ノートのような使い方をするとは。あの個人情報を人に見られたらどうするんでしょう。玉恵はそんなことをするつもりはありませんが、ショッピングモールで、おじさんにちょっとキャッシュカード貸して、って言って何万円かおろしても気付かれないような気がしました。おじさんは自分の所有物への執着が薄らいできているのでしょうか。もしかしてそろそろ、この世に別れを告げる準備をしているとか……。玉恵はつい縁起でもないことを妄想。よく、死期を悟った老人が突然、たんすや押し入れのものを処分したり身辺整理をし出すと聞いたことがあります。物忘れが多くなっていくのも、全てのとらわれから解放されていく自然な過程なのかもしれません。先日の穏やかな表情が心に残っています。駅で怒っていたおじさんとは別人のようでした。次に会ったときはもしかしたら玉恵のことも忘れているかもしれませんが、少し寂しいけれどそれでも良いという気持ちでした。人が年を取るに連れて、子どものように無邪気になっていくのが、おじさんの姿を通して伝わってきます。かわいい老人になることで、周りの人に世話をしてあげたいと思わせ、介護本能をくすぐることも、人間に備えられたプログラムなのでしょう。

玉恵はおじさんのように身軽になっていきたいと思い、ノートに手放したい煩悩や、物事を書いてみることにしました。コンビニスイーツ。つい立ち寄って買ってしまうけれどカロリーはバカにできないし血糖値に影響があります。先週セレクトショップで見た紫のワンピース。今思い返すとコットンの質が悪いのか生地感がゴワゴワしていて着心地イマイチっぽいです。同じくセレクトショップで見かけた黄色い小花柄のポーチ。バッグの中で他の小物の色と合わなそうです。コスメショップで買おうとしたけれどやめたアロマスプレー。アルコールの匂いが強めでした。パン屋で買おうか迷ったブルーベリースコーン。モソモソする食感が食べる前から想像できます。エキナカの売店で見かけた葛餅。考えたら、今まで葛餅を本気で食べたいと思ったことはありませんでした。何となくで買うのはもうやめよう。雑貨店で見かけたグレーのスリッパ。そもそも家の中ではほとんどスリッパをはいてません。……物欲と食欲ばかりですが、書かなければならないのは奥野さんの名前。彼女がいるし、社内で複数の人と関係を持っていたみたいだし、近付いても良いことはない。もう、付き合ってないけど別れることにします。そもそもプラトニックラブもエネルギーの消耗だと感じています。玉恵はノートに筆圧強めに「プラトニックラブ」と記入しました。半分趣味みたいなものでしたが、どうもそのモードでいるときは仕事に集中できず、生産性も2割くらい下がってしまいます。急にきっぱりやめるというのは難しいかもしれませんが、とりあえずノートに書くことに意味がありそうです。外山先輩への嫌悪感や苦手意識も、手放したほうが良いでしょう。以前玉恵が読んだ仏教の本に、人は悪いことだけでなく良いことも手放すべきだと書かれていたことを思い出しました。ということは、小学校時代に先生に満点をほめられたとか、親にプレゼントをもらった思い出、10代の頃、好きな男子にホワイトデーにお返しをもらった青春のワンシーンも、記憶から手放したほうが良さそうです。そんな感じで、玉恵は良い思い出、悪い思い出をノートに書き連ねていたらスッキリしてきました。さわやかな表情で帰ろうとする玉恵に気付いた奥野さんは、彼女の魅力をはじめて知ったかのようにハッとした顔で見ていました。そんな視線に気付きながらも、ああ、いるな、くらいしか思わなくなっていた玉恵は、軽く会釈だけしてエレベーターに乗って社を後にしました。「手放しノート」の暗示効果は意外とあったようです。（今、吉野《よしの》さんの視線感じたけど、別に気にしないでいいかな）と玉恵は心の中で思って、名前すら間違えて学生時代好きだった男子と混同していることに気付きました。結局、男性は誰でも良いということなのでしょうか……。ただ男性にありがちなのが、女性のほうからアプローチしている時は塩対応なのに、こっちが相手のことがどうでもよくなってきた途端、向こうから来るという習性です。玉恵のクールな態度に逆に刺激された奥野さんが、変に執着してこないと良いのですが……。

いっぽう、玉恵にご執心だった外山先輩はどこへ行ってしまったのでしょう。オンラインサロンの計画が頓挫してしまったのがショックだったのか会社を休みがちです。動画で、格言パクり疑惑のことなど何か謝罪していたようですが、いたたまれなくて玉恵は再生することができませんでした。

しばらくして、どうやら外山先輩は会社を辞めたらしいという噂が流れてきました。その直後に、会社の住所の玉恵あてに外山先輩からハガキが届きました。消印はなぜか富士山五合目の郵便局。「僕もがんばるので、お仕事がんばってください。お元気で」と書かれていました。なぜ富士山五合目なのか、気になりましたが、彼なりのメッセージがこめられているのでしょうか。鈴木先輩に「富士山五合目の消印ですよ」と見せると、「なんで頂上のポストじゃないんだろう」と首をかしげていました。「富士山からハガキを出す人はたいてい頂上からでしょう」「登ってないんじゃないですか」「たしかに。登ってないね。そこまで体力なさそうだし」「匂わせですよ」「登ったように匂わせて。外山先輩らしいね」

こんなところにも外山先輩の妙なプライドを感じます。不思議と玉恵には怒りや嫌悪といった感情はなく、淡々とした気持ちでした。キモいと思っていたけれど、むしろエモい男子だったのかもしれません。別の上司からは、しばらくして、どうやら外山先輩はロシア関係の輸入雑貨の会社で働くことにしたらしい、と伝え聞きました。ロシアといえば、かつて玉恵は外山先輩がロシアの女子高生についてのマニアックなサイトを見ている姿を目撃してしまったことがあります。彼は自分を見つめなおし、願望に忠実に生きることにしたのかもしれません。きっと出張でロシアにでも行って、ロシア美女と打ち合わせでもしたら、玉恵のことなんか忘れて夢心地になって昇天してしまうことでしょう。手前味噌《みそ》ですが、外山先輩が身辺整理して新しい仕事と巡り合えたのも、玉恵が「手放しノート」に外山先輩のことを書いて浄化された影響が少しはあったように感じられます。こちらが延々と嫌悪感を抱いていたら、その思いに相手も縛られたままだったことでしょう。自分が変わることで、相手も解放されたのです。嫌悪感と好意が奇妙にねじ曲がって、同じ力で結びついていた、こんがらがった状態がほどかれ、お互い自由になれたような……。今、玉恵は嫌いな人も好きな人もいないという、ニュートラルな状態でした。こんなに気分が晴れ晴れとして軽やかなのは久しぶりです。内側からきれいになった玉恵を、通りかかった奥野さんがちらちら見ていますが、何の感慨も起きないし、鈴木先輩の軽い嫉妬の視線を感じても怖くありません。ノートに好きなだけ悪口を書いても良いですよ、という余裕を漂わせ、軽い笑みを浮かべて玉恵は机に向かいました。恋愛してないと仕事がはかどります。

人生に迷ったら年長者に指針を示してもらいたいです
生前分与した後だから……
生前分与って節税になるんだ…
今度親に提案しよう
人はあの世にはお金を持っていけない……
そんなシンプルな現実にも気付かされました

25

仕事のあと、玉恵はひさしぶりに茜と会って銀座でお茶をしました。そのカフェは、夜の銀座に近いからか、お店の同伴みたいな年の離れた男女のお客さんが多いのが目に付きます。グレイヘアの紳士が、舘《たち》ひろしのようなダンディな表情を作りながら、若い女子の話に相づちを打っていました。また別のテーブルでは、派手な美女が有力者っぽいおじさんを前にしなを作っているのが見えます。「私も和のお店をやってみたいんです〜」そんなセリフが聞こえてきて、若干気が散ります。玉恵はとくに何の有力者でもない電車のおじさんのことを思い出しました。どんなVIPなおじさんでも、いずれリタイアするときがやってきて、肩書きのないただのおじさんになるのです。今のうち、神社仏閣に参拝したりして神や仏に愛されるおじさんになっていたほうが良いかもしれません。

目の前の茜は、おじ活に励む女子たちに比べてかなりすっきりした表情でした。

「あの、玉恵ちゃんの作ったノートのおかげで最近いろいろうまくいってて、今日お礼が言いたかったんだ」と、ポジティブな波動を放っていて、カフェのもやもやした空気が祓《はら》われたようです。

「どうしたの？　そんなこと言ってくれて嬉しい」

「『手放しノート』に、手放したいものを書いていったのね。そしたら自然と解決するような流れになって……」

「うそ、ちょっとノート見せて」

茜のノートを見てみると「セルライト」「ほうれい線」とボールペンで書かれていました。

茜は前から密かに羨ましいと思っていたくらいスタイルが良く、チラッと見た限りでも玉恵より一回りは脚が細いです。

「え、全然セルライトなんてないでしょ」

「そんなことないよ、上から照明を当てるとボコッてなってるのが見えてもうヤバいって思ってたんだ。でもこのノートに書いたあと、友達が脚のむくみに効くジェルをプレゼントしてくれて。それからたまたま見たサイトに効果的なスクワットのやり方が載ってたり。セルライトに効くことがどんどん集まってくるの」

「それは良かった。じゃあますます細くなるね。この『ほうれい線』っていうのは？　前からなかったような気がするけど……」

玉恵は、そういえば茜は昔からこういうところがあったと高校時代を思い起こしました。がっつり試験勉強してるのに「全然やってないよ〜」と言ったり、やたら小さいお弁当箱を持ってきて小食アピールをするタイプです。でも、基本的には良い子なのですが……。

「そんなことないよ。20代後半ってお肌の曲がり角だから、結構ほうれい線気になってたんだ。地下鉄の窓ガラスに映ったときの顔とか。でも、このノートに書いたら、次の日に会った知り合いにほうれい線に効くマッサージを教えてもらって。口角のまわりをこうやって円を描くようにすると良いらしいよ」

と、実演して見せてくれた茜。幸せそうで何よりです。

「ごめんね、私の話ばっかりして。最近はどうなの？　なんか前、つきまとってくる人がいたって言ってたけど。ちょっと心配してたんだ」

「ああ、あの人はね、転職したのでいなくなったよ」

「それは良かった、というかそれも『手放しノート』の効果なんじゃない？」

「そうかな。本人がいろいろ行き詰まってたみたいだけど」

「玉恵ちゃんは、ノートにどんなこと書いてるの？」

「コンビニスイーツ、紫のワンピース、黄色い小花柄のポーチ、それからアロマスプレー、葛餅……」

「それは、もしかして欲しいものを書いてる？」

「手放したい煩悩を書いたの」

「さすが。レベルが高いね」

そう言う茜の目には、本心からの尊敬が宿っているような気がして、玉恵は少し嬉しくなりました。

「手放したら、もっといいものが手に入るって言われてるけど、今のところ何もないかな」

「仕事にも恵まれて、ストーカーもいなくなって、十分幸せなんじゃない。あ、お父さんが前、体調崩したって言ってたのは大丈夫？」

「ありがとう。めまいとかが少し残ってるけどもう慣れたみたい。また様子見に行こうかな」

「それがいいよ。親のことがだんだん心配になる年頃だよね」

茜に言われて、最近実家に行っていなかったので両親の顔を見に行かなければ、と玉恵は思いました。心の中で、茜の性格をジャッジするようなことを思ってしまって反省。彼女は久しぶりの友人の親のことまで気遣ってくれる良い子なのに。きっとこういう子が将来愛されて幸せな結婚をして理想の家庭を作っていくんだろうな、と目の前にいるのに茜がだんだん遠い存在に思えてきました。

玉恵は家に帰ってから、自戒の念をこめて今度は自分の罪についてノートに書いてみました。心の中で犯した罪や、ちょっとした悪事などを懺悔。煩悩の次は罪を手放していきたいです。

「すごく優しくて良い子なのに、茜のことを女子っぽくてイヤだと一瞬でも思ってしまったこと」

「この前、駅に今どきチュニックにレギンスのおばさんがいて、ダサいって咄嗟に思ってしまいました」

「風邪をひいて体調が悪いとき、目に入る人全ての欠点ばかりあげつらってしまいます」

「以前コンビニ店員に横入りと間違えられて、一瞬殺意を抱いてしまいました」

「マンションのエレベーターで人と一緒に乗りたくなくて、急いで閉まるボタンを押してしまいました」

「カフェで帰るときに、まちがって燃えるゴミのところにドリンクのプラスチック容器を入れちゃったけど面倒くさくてそのままにしてすみません」

「前から、コンサートとか演劇を見たとき、拍手をおざなりにしかしてませんでした。他の誰かが拍手してるから良いと思ってました」

　自分ではかなりの罪の意識を抱いていたのですが、何かスケールが小さい罪の思い出ばかり出てきます。こんな細かい罪を手放したとしても、効果は微々たるものでしょう。

玉恵は、小市民な自分が少し悲しくなりました。これからも低め安定の人生のままなのでしょうか。いろいろ手放した後に、何か幸せが来ると良いな、と思いながら、幸せが何かという具体的なビジョンが浮かびません。巷《ちまた》の自己啓発の本には、手に入れたい理想の未来を具体的にビジュアル化することで現実になる、と書かれています。でも、玉恵の幸せ像は新しいノートのように真っ白なまま……。つかみどころのない妄想が時おり浮かんでは流れて消えていくくらいです。

幸せって何だろう……そんな思いを胸に抱きながら、玉恵は数日後、電車のおじさんが病院に通っているという商業施設のオリナスに自然と引き寄せられていました。公園のベンチにおじさんが座っているのが見えて、玉恵のテンションはちょっと上がりました。

「こんにちは、お元気ですか」

「ああ、元気だよ。あんたも元気そうだね」

「おじさん、またノート見せてください」

おじさんのノートには前回と同じく、銀行の暗証番号や残高といった禁断の個人情報が書き連ねてありました。見てしまって罪悪感にかられたので、ノートに懺悔したい思いです。

「預金1580万円ってお金持ちですよね」

お金があるのは幸せなのか、疑問を抱いていた玉恵がおじさんに話を振ってみると、

「いや、これは生前分与した後だからほとんど残ってないよ」と、遠い目をしていました。

「もっとあったんですか。もしや富裕層……。そういえば以前、ブラックカードを持っているのをお見かけした記憶が」

「ああ、あれはわりと誰でも入れるカードだったけど、会費が高いからやめちゃった。今、自分の資産とか持ち物を整理してるんだよ。なんか欲しいものある？　日本人形とか、タヌキの置物とかあるよ」

「それはちょっと……」と玉恵はさり気なく遠慮しつつ、終活に本腰を入れているおじさんの姿に胸がざわざわしました。何かのフラグ……ではないですよね。

「今はね、楽しみといえばデイサービス」

「デイサービスって高齢者の方が通う施設ですか」

「そうだよ。週2回行ってる。お風呂に入れてもらえるサービスもあるし、カラオケやリハビリもできる。麻雀《マージャン》をやりたければやってもいいし。そこではいつも絵を描いてるね」

「おじさん、絵描きなんでしたっけ」

「そうそう」

息子さんの情報が入り交じっている気もしますが、週2回も絵を描いているならもう絵描きを自称しても良いかもしれません。

「デイサービスにはおかしな奴もいて、ずっと同じことばかり言ってる。受付で、お昼を食べたばかりなのに『メシはまだか』って。ああはなりたくないね」

「おじさんは大丈夫ですよ」

玉恵はノートに『太陽がいっぱい』と書かれているのを見つけました。

「これ、昔の映画ですよね。お好きだったんですか？」

「主人公はアラン・ドロンでね。いい男だったなあ。たしかまだ存命だよ」

おじさんの目にいきいきとした光が宿ってきたようです。

「固有名詞を覚えててすごいです。おじさんはまだまだしっかりしてるので大丈夫ですよ」

「そうかな。とにかくデイサービスは楽しいから、絶対行ったほうがいいよ。友達もいっぱいできるし。紹介してやろうか」

「ありがとうございます、まだ多分入れないと思いますが、いつか行きたいです」

デイサービスに対しては、暗い雰囲気で覇気のないお年寄りがぼんやり座っているという先入観を抱いていた玉恵でしたが、電車のおじさんの言葉で、意外と楽しいアミューズメント施設かもしれないと思えてきました。将来に希望の光が……。幸せは、デイサービス施設でも見つけられそうです。

「皆優しく世話してくれてな、本当にありがたいよ」

人に感謝できることが幸せなんて、道徳的なフレーズが頭をよぎります。罪を懺悔していているうちに心が清らかになったのかもしれません。

「ありがとうございます。私も老後の楽しみができました」

玉恵はおじさんに一礼し、公園をあとにしました。幸せそうな家族連れの間を通り抜け、その先の未来に向かって……。

電車のおじさんのことをずっと心配していたら、
ついに似ているおじさんを見かけた玉恵
もしかして……
でも、よくいる顔なので別人かもしれません
量産型女子だけでなく量産型おじさんもいる
ということを心に留めたいです

26

久しぶりに玉恵は電車のおじさんと話して、終活っぽいことを始めている姿に考えさせられるものがありました。人は誰でもいつか死ぬことを思うと、生きているうちにやりたいことをやっておいたほうが良いと思えます。玉恵には、まだ作りたいノートの企画がありました。前に会社の近くを歩いていたときのこと。お昼時、路上にはランチに行く会社員が連れ立って歩いていました。ふと、目の前に三人の若いサラリーマンが横並びで歩いているのが目に留まりました。思わず玉恵が噴き出しそうになったのは、彼らは三人とも、ブルーのストライプのシャツに、ベージュ系のパンツをはいていたのです。期せずしておそろいコーデになっていました。たまに丸の内を歩いているとOLさんが似たようなトップスにスカートで歩いているのを見かけますが、昨今は男性も、自然と量産型ファッションになりがちなのでしょうか。日本人の同調圧力が強くなっているのかもしれません。線の幅は違っても全員ストライプで、玉恵にはまるでノートの罫線のように見えてきました。そのとき、ふと思い浮かんだのが「着るノート」です。和紙を繊維にした帽子、というのを以前どこかで見たことがあり、その手触りの心地よさと、引っ張っても破れない丈夫さが記憶に残っていました。生地感を重視する玉恵も十分満足できる、上質な柔らかさと高級感がある素材でした。あの紙の生地で、「着るノート」を作ったら、ふと思い付いたことをメモに書きとめて、それが増えるごとに柄になっていくようなおもしろさがありそうです。「耳なし芳一《ほういち》」のように魔よけの言葉を書き込んだり、寄せ書きやサインにも使えそうです。久しぶりにやりがいがありそうな企画を思い付いて、玉恵は途中まで企画書を書いたのですが、多分会社のおじさんたちには却下される予感がしていました。個人的な作品として作って発表するのもありかもしれません。

未来への希望で心に余裕ができてきた玉恵は、会社に着いてからも鈴木先輩にフレンドリーに接することができました。あの、罵詈《ばり》雑言だらけの怖いメモを見てしまいしばらく距離を取っていたのですが、あれは彼女なりのデトックス法だったのかもしれません。最近はローズクオーツよりも、新たな「テラヘルツ鉱石」というシルバーの石を大事にしているようです。

「テラヘルツ鉱石は1秒間におよそ1兆回も分子振動するんだって。電波と光の中間的な電磁波を出しているの」というので、誰が数えたんだろうと思いましたが、鈴木先輩は「冷え性が治るから」と効能を熱く語っていました。恋愛運よりもまず、自分の健康を考えたいお年頃です。

「鈴木先輩、パワーストーン柄のノートとかどうですか?」と言ってみたら、

「それよりも石を砕いて紙に練りこむ技術を考えてるんだ。パワーノート。どうかな?」と、また上長に却下されそうな案を語っていました。おそらくノート一冊２００0円くらいにしないと利益が出そうにないです。

「ためしに自腹で試作してみたらいかがですか? 話題になりそうです」と言うと、

「前に少し調べてみたんだけどね。石をパウダー状にする小型粉砕機は6万円もして……。とりあえず金運を上げるためにタイガーアイでも買おうかな」と、どこまでもパワーストーン頼みの鈴木先輩でした。

ポジティブなヴァイブスを放っている玉恵は、自然と引き寄せ力を放っていたのか、エレベーター前で久しぶりに奥野さんに話しかけられました。

「これ、さっき、取引先でいただいた鎌倉のお菓子だけど、よかったら食べない?」

「ありがとうございます。恐れ入ります。奥野さん、どうして私にお菓子くださるんですか?」

と、疑問をぶつけると、

「いや、ちょっと糖質制限してて……。お酒飲みすぎるから甘いものは控えようと」と、自分の健康のためのようでした。自分に少し気があるのかと一瞬思ったことがありましたが、人に身代わりに糖分を取らせようとする姑息《こそく》な男性疑惑が。そして酒に酔って生

活が乱れて女遊びする、という……残念なイケメンでした。玉恵は内心がっかりしました。その後、つい鈴木先輩に、奥野さんが自分の健康のためにお菓子を人に押し付けていると告げ口したら、

「いや、気学でいう『エネルギー付け』じゃない。人に食べ物をあげるというのは呪術的な行為だって聞いたことがあるよ。それを知ってか知らないでかは別にして、やってる奥野さんはあなどれないね」と変な感心のしかたをしていました。ちなみに「エネルギー付け」の呪力は75日だそうです。半信半疑ながら不気味になってきたので、玉恵は鈴木さんにそのお菓子をあげることにしました。(私の知らないところで勝手にくっついてください)と、思いながら……。

　会社の人と適度な距離を保つコツがわかってきた玉恵。もっと外の世界に目を向けていきたいです。翌朝、ゴミを出すときにちょうどマンション前に収集車が停《と》まっていて、作業員の男性に手渡しでゴミ袋を託しました。そのとき、マスクをつけている作業員と目が合ったのですが、手を伸ばす仕草と、キリッとした表情が思いのほかかっこよかったです。彼は、ガシッとゴミをつかんで、軽くうなずいていました。一瞬の出会いでしたが、玉恵はしばらくときめきに浸りました。そして、もしかしたら私は誰でも良いのかもしれない、と玉恵はまた思いました。妄想ビッチ……そう呼ばれてもしかたありません。今週の脳内プラトニックラブの相手は、ゴミ収集のスタッフに決めました。どう

やって知り合って距離を縮めていくのか妄想していきたいです。急いでゴミ収集車に走り寄って、勢いのあまり機械に巻き込まれそうになったところを助けられる、とかでしょうか……。手放しノートに「プラトニックラブ」と書いたばかりなのに、なかなか手放せない欲望もあるのです。煩悩が浮き上がるたび繰り返し手放していかないとならないのかもしれません。

プラトニックラブストーリーを脳の半分で思い描きながら、次の休日も電車のおじさんがいた錦糸町の公園を訪れました。同じくらいの時刻だったのですが、ベンチにはおじさんの姿はありませんでした。毎週、モール内の病院に通っていると言っていたので心配です。公園を見ると、いつもと同じ平和な光景で、少年たちがキャッチボールをしたり、少女が縄跳びをしたり、ママ友グループが談笑したりしていました。ただ、おじさんだけがいない世界です。心配になった玉恵は、モール内の総合クリニックのフロアにも行ってみましたが、おじさんの姿はなく……。デイサービスに問い合わせたらわかるでしょうか？　施設の名前を知らず、近隣のデイサービスを検索すると、複数ヒットして特定不可能です。そもそもおじさんの名前すら、聞いたことがあったのかどうか……。「メガネの、典型的などこにでもいそうなおじさんなんです！」という説明で情報を教えてくれる人なんているはずないです。70代男性は、こんな風に突然いなくなってしまうことがあるので、いつが最後のお別れになるのかわかりません。

玉恵は、前に電車のおじさんが入っていくのを見た、古いアパート周辺に向かいました。自分でもなぜそんな行動に出たのかわかりませんが、行ったほうが良いと直感が告げていました。祖母が亡くなる直前に、ふと思い立って会いに行ったときもこんな感覚だった気がします。アパートの前に行き、張り込み記者の気分で一時間ほど立って待ってみた玉恵。すると、おじさんが前に入っていったと思われる部屋から、男性が出てきました。おじさんに少し似ている、ラフな服装で年齢不詳気味のメガネ男子です。おそらく、イラストレーターの息子さんなのでは、と予想して、玉恵は変に思われるのも覚悟で話しかけてみました。

「あの、すみません。以前お父さまに仕事のモニターになっていただいたり、お世話になっていた文具メーカーの者です。たまに公園で、商品に対するご意見を伺ったりしていたのですが、今週お姿が見えず心配していたのです……」と、緊張しながら言ってみたら、普通の会社員男性だったら怪しんで無視するところですが、さすがフリー稼業の自由人の息子さんは、玉恵の言葉を信じて、すぐに教えてくれました。

「ご心配おかけしてすみません。二日ほど連絡が取れなくなって心配してたら、家で倒れていたらしいんです。母はもういないので、ヘルパーさんが見つけてくれました」

もしかして……と玉恵は最悪な事態を想像し、身を硬くしました。

「救急車で病院に行ったら熱があって、炎症が起きていたとかで、発見が半日遅れたらやばかったです。脊椎の炎症という診断でした。命に別状はなかったのですが、まだ背中が痛むみたいで入院中です。足腰も弱ってしまって……」

「脊椎の炎症、でしたか……。それは大変でしたね。お大事にしてください」

とりあえず、生きていてくれてよかったです。高齢者の救急搬送というと、脳卒中とか心筋梗塞とか肺炎とか熱中症といった病名が思い浮かびますが、当たり前ですがメジャーな病気ばかりではないのです。70代男性は、いつ何で具合が悪くなるか予測できません。

家に帰ってから玉恵は真っ白なノートを取り出し、心に浮かんだ願いを書き続けました。「電車のおじさんがまた電車に乗れますように。電車のおじさんがまた電車に乗れますように。電車のおじさんがまた電車に乗れますように……」。おじさんが元気で電車にいる姿を思い描きながら。毎日書いて、全ページ埋まったら、おじさんと遭遇した神社に納めようと思います。もはやプラトニック介護の域です。人が電車に乗れる、という健康状態がどんなにありがたいことか。玉恵は電車に乗る度に、しっかりした足取りで電車に乗り込むシニア世代がまぶしく感じられました。中には、ぶつかりそうになってうなり声を発するおじさんや、苛立っているおじさんもいますが、彼らのことすら慈愛の目で見守れる心境でした。怒りや苛立ちも、生きている証《あかし》です。

「電車のおじさんがまた電車に乗れますように……」と書き続けて一週間ほど経った頃、

玉恵は駅でおじさんによく似た横顔を見かけましたが、人ごみの中で見失ってしまいました。どこにでもいそうな見た目なので、他人のそら似だったのかもしれません。もしくは玉恵の思いが見せた幻影かドッペルゲンガーか……。人生がぶつかり交錯する電車内で、玉恵は全ての電車のおじさんの幸せを願わずにはいられませんでした。

（了）

小社文芸誌「きらら」二〇一八年九月号〜二〇二〇年十月号に連載。

辛酸なめ子　しんさん・なめこ

漫画家、コラムニスト、小説家。
著書に『辛酸なめ子の世界恋愛文学全集』
『大人のコミュニケーション術　渡る世間は罠だらけ』
『スピリチュアル系のトリセツ』『女子校礼賛』、他多数。

電車のおじさん

二〇二一年三月二十二日　初版第一刷発行

著者　辛酸なめ子
発行人　飯田昌宏
発行所　株式会社 小学館
〒一〇一－八〇〇一　東京都千代田区一ツ橋二－三－一
電話 〇三－三二三〇－五六一七（営業）
〇三－五二八一－三五五五（編集）

DTP　株式会社昭和ブライト
印刷所　萩原印刷株式会社
製本所　株式会社若林製本工場

ISBN 978-4-09-386606-4

御茶ノ水
おちゃのみず
神田
Kanda
Ochanomizu
四ツ谷
Yotsuya
山区